B's-LOG BUNKO

革命は恋のはじまり
～え？ 後宮解散ですか!?～

小田菜摘
Natsumi Oda

ビーズログ文庫

Contents

登場人物紹介

リュステム

オズトゥルク国防軍の若き将校。
階級は少尉。
父は次期大統領候補と
名高い指揮官で、
本人も真面目なカタブツ。

ナクシュデル

オズトゥルク皇帝の寵姫候補のひとり。
リュステムと出会ったことで
大きく運命が変わり、
いつしか“黄金の寵姫”と呼ばれる。

レオンティウス
クレボス王太子。
ナクシュデルに興味をもつ。
アイハン
ナクシュデルのライバル(?)で
寵姫のひとり。
アブデュル
リュステムの先輩で階級は中尉。
極端な熟女好み。
イヴリン・バートランド
クレボス領事。
クレボス王太子とは従兄弟。

イラスト／雲屋ゆきお

第一章

　ドーム型の天窓から差しこむ光は、まるで金粉《きんぷん》を散らしたようにきらきらと輝き、浴場の白い大理石《だいりせき》の床や壁を照らしだしていた。霧《きり》のようにたちこめる湯気の中、ナクシュデルは六角形の巨大な石盤《せきばん》の上でうつぶせになって、二人の侍女《じじょ》の手に身を委《ゆだ》ねていた。

　蒸気風呂で温まった身体《からだ》に石鹸《せっけん》をすりこまれ、糸瓜《へちま》でごしごしとこすられたあとは、ざばざばと湯をかけられる。壁に取りつけられた真鍮《しんちゅう》の蛇口《じゃぐち》からは、常に熱い湯が流れている。高価な香油《こうゆ》を使ったマッサージのあとは、パテを使っての全身脱毛《だつもう》である。目的の部分に塗《ぬ》ったあと、固くなった頃を見計らっていっきに引き剝《は》がすのだが、そっとやられるとかえって痛いので多少粗忽《そこつ》で遠慮《えんりょ》をしない者のほうがよい。

「本当、これもう少し痛くないといいんだけど」

　組んだ両腕の上に顎《あご》をのせ、背中にぺたぺたとパテを塗られつつ、ナクシュデルは愚痴《ぐち》をこぼした。

「それでもナクシュデル様は、もともと毛が薄いから脱毛は楽なほうですよ。ここだけの話ですが、アイハン妃《ひ》など実は殿方《とのがた》のように毛深くて、脱毛のさいはそれこそ阿鼻叫喚《あびきょうかん》とお聞きしております」

侍女の言葉に、ナクシュデルは〝お気に入り様〟アイハン妃の姿を思いだす。

なるほど。あのほっそりとすべらかな二の腕は、実はそんな涙ぐましい努力の賜物《たまもの》だったのか。かつて後宮《こうきゅう》で開催《かいさい》された茶会で、アイハンが得意の東方舞踊《ベリーダンス》を披露《ひろう》したことがあったが、露出度《ろしゅつど》の高い衣装から見えた肌《はだ》は真珠《しんじゅ》のように輝いていた。

「それに比べてナクシュデル様の肌は、大理石かむき卵のようで、本当に美しくていらっしゃいますわね」

「とうぜんですよ。これから花咲こうという、十六歳のお若さですもの」

侍女達の言葉はナクシュデルへの賞賛《しょうさん》というより、アイハンへの厭味《いやみ》に聞こえる。というか、まちがいなくそうだろう。ちなみにアイハンは二十三歳で、少なくとも〝とうが立った〟と言われるほどの年齢ではない。

もちろん侍女達のライバル意識は分からないでもなかった。なにしろ自分が仕《つか》える主人が皇帝《こうてい》の寵姫《ちょうき》ともなれば、彼女達の処遇《しょぐう》も立場もぐんと向上するのだ。磨《みが》きあげに気合いが入るのも道理だろう。

「それにしてもこの珠《たま》のようなお肌を暗い寝室《しんしつ》の中でしかご覧いただけないとは、本当に残念なことですわ」

口惜《くちお》しげに言われた艶《つや》めいた言葉に、どきりとする。

今宵《こよい》ナクシュデルははじめてのお召《め》しを受けて、皇帝の寝室に参じるのである。

それが目的で後宮に入ったわけだから、心からありがたく思う。数多《あまた》の寵姫候補の中から選ばれた事実も、女として誇《ほこ》りにしている。

とはいえ今夜が初夜だと思うと、やはり緊張《きんちょう》していることは否《いな》めない。

（ええい、静まれ、心臓！）

油断するとばくばくと鳴りだしそうな胸に、活を入れるべく心の中で言い聞かせる。

（落ちつくのよ、この日のためにどれだけ努力してきたと思っているの！）

たった一人の君主のために無数の女達が集められる後宮は、いずこの世界にもある。

しかしこのオズトゥルク帝国の後宮が特異だったのは、皇子《おうじ》を産んだ女も、時の最愛の寵姫も、不幸にしてお召しがかからなかった女も、等しく奴隷《どれい》身分ということだった。

十九世紀の現代ではずいぶんと縮小したが、最大の繁栄期《はんえいき》には東方大陸の西半分、そして西方大陸の一部分までを支配していたオズトゥルク帝国の皇帝が、結婚という形を取らなくなってから三百年近い年月がたつ。代々の皇帝を産んだ後宮の女のほとんどは、市場で買われた文字通り〝奴隷〟だった。先刻話題にあがったアイハンの〝妃〟という呼称《こしょう》も便宜的なもので、妻や皇族という意味ではない。

かくゆうナクシュデルも、九つのとき実の両親から売られた奴隷だった。

日の光を集めたような金色の髪と、宮殿の窓から見えるサラス海のような青い瞳《ひとみ》に、将来の美貌《びぼう》を見込まれて、寵姫要員として後宮に仕える宦官《かんがん》に買われてきたのだ。

そして十六歳の誕生日を明日に控《ひか》え、輝くような美少女となったナクシュデルに、めでたく皇帝のお声がかかったというわけである。

寵姫候補として集められたからといって、かならず皇帝のお召しがあるわけではない。最初から目に留《と》まらないこともあるし、目に留まったところで気に入られなければ声はかからないのだから、最初の関門で多くの娘達が振り落とされてしまう。

しかも一度お手つきになれば安泰《あんたい》かというと、けしてそうではない。二度三度声がかかって、はじめて側室《そくしつ》になれるのだ。最初の夜に飽《あ》きられたら側室としての一生はそこで終わりなのだから、お召しがかかったからといって浮かれているわけにはいかない。

「一世一代の勝負の夜よ。私、絶対陛下にお気に召していただくわ」

顎の下で組んだ両手を、祈るようにナクシュデルは強く握《にぎ》りしめた。緊張と高揚《こうよう》で肩が震《ふる》える。もちろん侍女達も承知しており、一人は金の髪を手入れするための象牙《ぞうげ》の櫛《くし》、もう一人は脱毛用のパテを塗るための刷毛《はけ》を握りしめ、ナクシュデルを力づける。

「ええ、そのためにナクシュデル様を宝石のように磨きあげてみせますわよ！」

「ナクシュデル様ならきっと大丈夫です。お美しさに加え、教養もばっちりです。夜伽《よとぎ》の作法だって、あれだけ何度も勉強してきたではありませんか！」

なにげに過激な励《はげ》ましに、ナクシュデルは手をついて身体を起こした。

「ありがとう、頼むわよ。九つの私を奴隷商人に売ったようなひどい親だけど、綺麗《きれい》に産んでくれたことだけは感謝しているの」

「その意気ですわ、ナクシュデル様。大丈夫、自信をお持ちください。美しさに加えて、楽器も吟詠《ぎんえい》も読み書きの教養も優秀。とりわけ夜伽の作法にかんしては寵姫候補の中では一番だと、指導官からお墨付《すみつ》きをいただいているではありませんか。ナクシュデル様こそまさしく陛下《へいか》の寵姫となるために産まれてきたお方ですわ」

「そうですとも。果ては陛下のお子をお産みになり、いずれ皇太后《こうたいごう》の地位にまで昇《のぼ》られるお方だと、私どもは確信しております」

「ありがとう！　私、かならず〝お気に入り様〟になってみせるから」

浴室の熱気《ねつき》にやられたのか、威勢《いせい》のいい言葉を吐《は》きながら三人は熱く誓《ちか》いあう。

背中にパテを塗っているので、もちろん上半身は裸《はだか》である。腰から下に厚手の綿布《めんぷ》を巻いただけという、あられもない格好でこぶしを握りしめる姿は、色っぽいとか官能的《かんのうてき》とかいう単語からはほど遠く、どちらかというと軍事教練のような勢いである。

「そうと決まれば、最後の仕上げに入ります！」

言うなり侍女は、背中に塗ったパテを一気に剝がした。

「ひ……！」

痛みと衝撃《しょうげき》で言葉が出ない。分かってはいたことなのに、やはり不意打ちは堪《こた》える。

「さあ、もう一枚いきますよ」

「ち、ちょっと……」

ナクシュデルが待ったをかけようとしたとき、扉《とびら》が開く重い音が浴場に響《ひび》いた。

思わず口をつぐんでそちらを見ると、湯気がたちこめる先に、数名の侍女を引きつれたすらりと背の高い女性の姿が見えた。

「アイハン様……」

象牙の櫛を持った侍女が呆然《ぼうぜん》とつぶやく。ちなみに〝毛深い〟云々《うんぬん》を語っていたのは彼女である。麻《あさ》の浴衣《ゆかた》を着た女性は、先刻噂《うわさ》の種になっていたアイハン妃であった。

(ど、どうして〝お気に入り様〟が、こんな共同の浴室に?)

皇帝のお気に入りの寵姫ともなれば、個人用の浴場を与えられる。三年も〝お気に入り様〟でありつづけているアイハン妃は、とうぜん専用の浴室を持っているはずだ。

(まさか、さっきの話、聞かれた?)

暑い浴室にもかかわらず、ひやりとする。高らかに〝お気に入り様〟になる宣言を、現〝お気に入り様〟の前でしてしまったのだからあたり前だ。侍女達はすっかり怖気《おじけ》づいてしまっている。これが一昔前であれば、生きたまま袋につめられて宮殿前のサラス海に『どぼんっ』だっただろう。さすがに現代ではそんなことはないだろうが……。

アイハン付きの先導の侍女がいち早く石盤の側までやってきて、おびえ座りこむナクシュデルをじろりと見下ろす。浴場では足を濡《ぬ》らさないための高下駄《たかげた》を履《は》いているので、恐ろしく高い位置から視線を感じてしまう。

「寵姫様のお出ましです。場所をおあけください」

威圧的《いあつてき》な物言いにナクシュデルはかちんとくる。

とはいえアイハンはすでに皇帝の寵を受け、お気に入りとなった寵姫である。今宵はじめてお召しを受けただけで、それがつづくかどうかも分からぬ立場では引き下がるしかない。

こそこそと石盤の隅《すみ》に身を寄せると、とうぜんといった顔でアイハンは、それまでナクシュデルがいた中央に横たわった。もちろん礼や詫《わ》びなど一言も出てこない。腹立たしさと悔《くや》しさを交えつつそっと目をむけると、蒸気でしっとりとなった浴衣の下には、美しい曲線を描く成熟《せいじゅく》した肢体《したい》がくっきりと浮かんでいる。汗がにじんだ横顔は、ゆるやかに瞼《まぶた》が閉ざされ物憂《ものう》げでなんとも色っぽい。さすが三年にわたり、第一寵姫の座を維持《いじ》しているだけのことはある。この肢体であの扇情的《せんじょうてき》な東方舞踊《ベリーダンス》を披露されたのなら、皇帝でなくてもとりこになるだろう。

反発も忘れて見入っていると、ふいにアイハンの瞼が開いた。ぎくりとするナクシュデルに視線をあわせると、彼女は両手をついてゆっくりと起きあがった。怖気づくナクシュデルを一瞥《いちべつ》し、冷ややかに言いはなつ。

「なるほど、確かにこれまでの寵姫からすると毛色の変わった花だこと」

あからさまに馬鹿《ばか》にした物言いに、ナクシュデルは緊張も忘れてむっとする。

と同時に、わざわざ共同浴場に足を運んだアイハンの目的がやっと分かった。

今宵お召しを受けるナクシュデルを偵察《ていさつ》にきたのだろう。確かにいまをときめく一番のお気に入りとしては、なかば忘れられた古株達より、自分の地位を奪《うば》いかねない新参者のほうが気にはなるのだろうから。

しかしアイハンの、いまの皮肉の意味は分からなかった。

オズトゥルク歴代皇帝の趣味と違《たが》わず、現皇帝も白い肌の北の娘達を好んだ。現にいま召抱《めしかか》えられている寵姫達は、そろって北から連れてこられた白い肌の持ち主である。目の前のアイハンも、大理石の肌に翡翠《ひすい》色の瞳、情熱的な赤い髪の持ち主である。彼女達の中でもナクシュデルの金髪碧眼《きんぱつへきがん》は、特に皇帝の趣味に適《かな》うはずだ。

「どういう意味ですか？」

硬《かた》い声のまま反論すると、アイハンは即答《そくとう》せずに鼻で笑う。さすがにむっとした表情は隠《かく》せなかったが、アイハンの真意が分からないので文句《もんく》を言うよりも警戒《けいかい》してしまう。

アイハンはナクシュデルのむきだしになった胸を一瞥した。

「そうよね、服の上からじゃ本当の姿は分からないものね」

言わんとするところがようやく分かり、不覚にも自分の胸を手で覆《おお》いそうになった。しかしここでそれをしては、敵の思うツボである。確かに成熟したアイハンの肢体からすれば、貧相《ひんそう》であることは否めない。いや彼女と比べるまでもなく、同年代の女子と比べても十分貧相だということはナクシュデルも死ぬほど承知している。

（な、なによ！〈夢〉や〈志《こころざし》〉じゃあるまいし、大きければいいっていうものでもないでしょ！）

珠のような肌だという先刻の侍女の言葉を思いだし、ナクシュデルはわざとらしいほど朗《ほが》らかに言った。

「本当ですね。今宵、服の上から分からない部分までをもご覧になっていただけるのかと思うと、肌の手入れにも気合いが入るというものですわ」

控え目な大きさながら、白磁《はくじ》のすべらかさと輝きを誇示《こじ》するように胸をそびやかす。

（そりゃ大きさでは負けても、肌触《はだざわ》りでは負けていないんだからね！）

誰と比較して、なにを基準に言っているのか分からぬ台詞《せりふ》を内心で吐くと、意図《いと》が分かったのか、アイハンは口元を引きつらせた。過激な脱毛処理のためか、彼女の肌は若干《じゃっかん》荒《あ》れ気味だった。

ぎりっと唇《くちびる》をかみしめたあと、アイハンは口元に手をあてて高らかに笑った。

「まあ、本当に李《すもも》みたいで可愛《かわい》らしいこと」

西瓜《すいか》とまでは言わないが、桃《もも》か林檎《りんご》のように豊かな胸を、浴衣の下でこれみよがしにアイハンは揺らした。成熟した肉体美に気圧《けお》されかかっていると、旗色を悟《さと》ったのか小馬鹿にしたような口ぶりでアイハンは言った。

「現実は閨房芸《けいぼうげい》とは全然ちがうわよ。あなたみたいな小娘に、陛下を満足させることができるのかしら」

実は貧乳《ひんにゅう》よりも心配していたことをつかれ、内心でひどく焦《あせ》った。

寵姫候補の娘達には、歌、踊《おど》り、読み書きなどの淑女《しゅくじょ》教育に加え、夜伽のさい皇帝を満足させるための〈閨房芸〉の教育も施《ほどこ》される。とはいえ現実が教科書通りにいくかどうかは、やってみなければ分からない。

しかしここで弱気な態度を見せるわけにはいかないと、強気を装って反論する。

「そうはおっしゃいますが、アイハン様とて最初は処女だったのでしょう。でしたら受けた教育は同じですもの。なにも変わりはありませんわ」

「同じ教育を受けていても、個人の資質っていうものはあるのよ。だから一晩で飽きられる女が山のようにいるわけ」

意地の悪い物言いだが、根拠《こんきょ》ある台詞にナクシュデルは反論の言葉をくじかれる。

それに一晩で飽きられた場合のことを考えると、強気な態度を貫けなくなる。

もし寵姫になれなかったとしたら、アイハンからなにをされてもナクシュデルに抗《あらが》う術《すべ》はなくなってしまう。今宵の機会を失ってしまえば、これまで必死で努力してきたことがすべて水泡《すいほう》に帰《き》してしまうのだ。

にわかにひやりとした思いがこみあげる。

押し黙《だま》ってしまったナクシュデルをどう思ったのか、アイハンは満足げに言う。

「まあ、せいぜいお手並みを拝見させていただくわ」

そんなものを他人に見せるわけがない、などと内心で揚《あ》げ足を取りながら怒りと動揺《どうよう》を紛《まぎ》らわせている間に、アイハンは高下駄で大理石の床を踏《ふ》み鳴らしながら出て行った。

皇帝との晩餐《ばんさん》を前にして、ナクシュデルは侍女達の手によって完璧《かんぺき》に仕上げられた。

薄紅《うすべに》色の紗《しゃ》のブラウスの襟元《えりもと》は、花びらを重ねたように幾重《いくえ》にもふんわりと広がり、その上から赤に金糸《きんし》で刺繍《ししゅう》を施した、丈長《たけなが》の天鵞絨《ビロード》のベストを重ねる。

全体に銀糸の刺繍をした白絹《しらぎぬ》の下衣はたっぷりとひだを寄せてゆとりを持たせ、裾を長くして着る形になっている。下衣の先から薄手の靴下《くつした》に包まれた細い足首がのぞき、先が反《そ》りかえった平たい朱色《しゅいろ》の靴《くつ》は、柔《やわ》らかな山羊皮《やぎがわ》にビーズや色硝子《いろガラス》をふんだんに縫《ぬ》いつけた鮮《あざ》やかなものだ。

金色の髪はゆるやかに巻かれて肩にたらされ、上から紗のヴェールをかぶり、紅玉《ルビー》と真珠をあしらった髪飾りでとめる。手首にも耳にもそろいの装身具《そうしんぐ》をつける。

「本当にお綺麗ですこと」

「これならきっと、陛下もお気に召してくださいますわ」

自分達が作りあげた主人の晴れ姿に、侍女達は満足げにうなずきあう。

これから皇帝と晩餐をとり、そのあと寝所にむかうのだ。支度《したく》には満足していたが、浴場でのやり取りもあり、ナクシュデルは憂鬱《ゆううつ》と不安をなかなか払拭《ふっしょく》できずにいた。

――あなたみたいな小娘に、陛下を満足させることができるのかしら。

嫌《いや》な言葉を思いだし、すがるような思いで側に置いていたウードを引き寄せる。

食後にもてなしとして奏《かな》でようと準備した楽器は、ナクシュデルがもっとも得意とするものだった。寵姫教育の課程をことごとく優秀な成績で終えたナクシュデルだったが、特にこのウードの演奏は玄人肌《くろうとはだ》だと指導官にも褒《ほ》められたほどだ。

（大丈夫、できることは全部やったんだから）

ウードを抱きしめ自分に言い聞かせるが、失敗すればそれで終わりなのだと思うと、不安だけではなく恐怖《きょうふ》にも近い思いがこみあげる。皇帝の寵姫として買われてきた娘が、もし皇帝に気に入られなかったら、そのあとはどうなるのだろう。買われた身だからこそ逆に、後宮から追い出される不安はないだろうけれど。

（どのみち、いまさら家に戻れるわけがないし……）

やや自嘲《じちようてき》的にナクシュデルは思う。そう、あんな家に戻れるはずがないのだ。

子供心にも覚えている、絶望的に貧しかった両親との暮らしのことは。

物心ついてから、寒さと飢《う》えばかりを感じていた。貧しさに耐《た》えかねた両親は、九つのナクシュデルを奴隷商人に売りわたした。もちろん現代ではたいていの国で奴隷売買は禁止されているから、非合法《ひごうほう》である。非合法に買い集められた女達が、国家元首たる皇帝の後宮にひしめいているというのだから、なんとも矛盾《むじゅん》した話である。

それでも両親のもとにいたときより、ずっと恵まれた生活であることにまちがいはなかった。寒さに震えて外にいるより、不自由でも暖かい室内にいたほうがずっと幸せだと確信している。

（そうよ。ここにいるかぎり、飢える心配だけはないんだから）

もし皇帝に気に入られなかったらという不安から、最悪の事態ばかりを想像して対策を考えてしまう。対策といっても、ここまできたらナクシュデルが自分でできることなどなにひとつないから、要は気の持ちようなのだが。

（大丈夫。寵姫になれなくても、明日のコメの心配だけはないから）

前向きなのか後ろ向きなのか分からぬ慰《なぐさ》めを自分に言い聞かせる。

「遅うございますわね」

侍女のつぶやきに、ナクシュデルははっとして控え室の壁に取りつけられた時計を見た。

成人女性の身の丈《たけ》をゆうに越した、白磁に青で紋様《もんよう》を描いた背の高い時計の針は、予定の時刻を三十分回っていた。

「本当ね……」

言われるまでいっこうに気にしていなかったのは、緊張と恐怖から、心のどこかで皇帝が来なければいいと思っていたからかもしれない。だがどうせ逃げられないことなら、いっそ早く決着をつけてしまいたい。開き直りに近い思いで、固く閉ざされた扉を見つめたときだった。

叩扉《こうひ》もなく、とつぜん音をたてて扉が開いた。あまりの不作法にナクシュデルは驚くが、扉のむこうに現れた人物に、目玉がこぼれるかと思うほど目を見開いた。

男だった。

しかも皇帝とはちがって、まだ若い。

手の甲《こう》で目をこすってみたが、変わらず若者の姿はそこにありつづけた。

(ど、どうして男が後宮に????)

言うまでもなく、後宮には皇帝以外の男性は入れない。例外は宦官だけだ。

(え、じゃあ、この人宦官なの?)

いくぶん冷静さを取り戻して、ナクシュデルは考えなおす。

背の高いすらりとした、まだ少年の名残《なごり》を残す若者だ。十八、十九歳……もう少し上

でも二十そこそこだろう。だが無駄《むだ》なく引きしまった身体は、独特のなめらかな曲線を持つ宦官の身体とは異なるように見える。

まじまじと見つめているうちに、ナクシュデルは心の中でため息をついていた。

（すごく、綺麗な人……）

女の美しさとはあきらかにちがっていた。

小麦色の肌に刻まれた彫《ほ》りの深い面差《おもざ》しを、漆黒《しっこく》の髪が柔らかく包んでいる。アーモンド形の黒い瞳は冬の星空にようにきらめき、清涼《せいりょう》で凜《りん》としたたたずまいをはなっていた。すんなりとした手足は真っすぐ伸びた若木のようで、これまでナクシュデルが見た誰よりも長くしなやかである。

いっぽう若者も、扉を挟《はさ》んでむきあうように座るナクシュデルをまじまじと見つめていた。男性に免疫《めんえき》のないナクシュデルには自覚がなかったが、彼女の華《はな》やかな装いは、若者が目を奪われてもとうぜんのものだった。

もちろんナクシュデルには青年の初心《うぶ》な反応を楽しむ余裕などないわけで、凜としたこの美しい青年が宦官なのかと、変なところで感心しているだけだった。美しい宦官はもちろんいるが、彼のような清潔な男性美にあふれる者は見たことがなかった。

しかし白地に金釦《きんボタン》が並んだ詰襟《つめえり》の上着に黒の脚衣、黒の天鵞絨《ビロード》の円筒形の帽子《ぼうし》というでたちは、宮廷宦官のものとはあきらかにちがっている。

「あなたは誰ですか？」

同時に二人は尋《たず》ねた。そして同時に押し黙った。

若者の声は高めだったが、あきらかに声変わりをした男性のものだった。もちろん去勢が声変わり以降であれば、宦官とて声変わりをしている者はいるのだが。

短い沈黙《ちんもく》のあと、ナクシュデルの心中はじわじわとざわつきはじめた。

この青年は宦官ではない。皇帝でもなく、宦官でもない男が後宮にいるとは、どういうことだろう。

導きだされる答えはただひとつ――不法な侵入者《しんにゅうしゃ》である。

次の瞬間《しゅんかん》、ナクシュデルはウードをつかんだまま、立ちあがった。

「誰か、曲者《くせもの》――」

「待て、俺は怪《あや》しい者ではない」

青年はあわてて否定するが、ナクシュデルは聞く耳を持たずに、それこそウードを棍棒《こんぼう》のように振りかざしてがなりたてた。

「怪しくないですって！　むちゃくちゃ怪しいじゃない。いったいここをどこだと思っているの？　恐れ多くも皇帝の後宮、禁断の花園よ。そこに忍《しの》びこんでおいて、よくそんなことが言えるわね。ふてぶてしいにもほどがあるわ。この変態、不埒者《ふらちもの》、ど助平《すけべ》、破廉恥《はれんち》、淫乱《いんらん》、好色男《こうしょくおとこ》、漁色家《ぎょしょくか》、間男《まおとこ》、女の敵、この世から消えてしまうがいいわ！」

思いつくかぎりのあらゆる罵詈雑言《ばりぞうごん》を浴びせつづけると、青年は途中から怒るよりも毒気にあてられたように呆然となっていた。

いっぽう気のすむまま叫《さけ》びつづけたナクシュデルは、最後のほうは疲れて息切れさえしてしまっていた。けして小さくはないウードを振りかざして叫んでいたのだから、あたり前だ。はあはあと肩を上下させたまま、ひとまずウードを脇《わき》に置いた。体勢を立てなおそうとしたが、ふいにめまいを覚えて足元がぐらつく。

「危ない！」

倒れそうになった身体を、長い腕が受け止める。気がつくとナクシュデルは青年に抱きとめられていた。とっさになにが起こったのか分からず、抱きしめられたまま顔をあげる。すると漆黒の夜空よりも黒い瞳と視線があう。青年の瞳は闇夜《やみよ》に浮かぶ星のような、鮮烈《せんれつ》な輝きをはなっていた。

「いやあああああ!!」

鼓動《こどう》がひとつ鳴った自覚もないまま、ナクシュデルは悲鳴をあげて青年の身体を突き飛ばした。小柄なナクシュデルの力などたいしたものではなかったのだろうが、不意打ちをくらった青年は、大理石の床にしりもちをついた。

（あ…）

青年のしかめ面《つら》に、一瞬の後悔《こうかい》がよぎる。だが生まれてはじめて男性に抱きしめられたことが、ナクシュデルから日ごろの良識を失わせていた。皇帝に触《ふ》れられる前に他の男に抱きしめられるとは、なんたる大失態。もちろん青年が善意《ぜんい》でやってくれたことは了解しているが、それ以前に彼は不法侵入者である。

「あたた……」

打ちかたが悪かったのか腰をさする青年に、気を取りなおしてナクシュデルは言う。

「こ、今回は見逃《みのが》してあげますから、すぐに立ち去りなさい。見つかったら即刻処刑《そっこくしょけい》されますよ」

まだ強張《こわば》ってはいるが、それでもいくぶん和《やわ》らいだ口調に、青年は不審《ふしん》な顔でナクシュデルを見上げる。痛む腰をかばってか妙《みょう》な姿勢で立ちあがると、彼はまじまじとナクシュデルを見下ろした。

ナクシュデルは息を呑《の》んだ。

(背が、高い)

長い手足としなやかな肢体。女性と宦官ばかりの後宮で過ごしていたナクシュデルの目には、青年の肢体は完璧に計算されて彫られた彫刻《ちょうこく》のように美しく映った。

「お前、まだ知らないのか？」

憮然《ぶぜん》としたように青年は言った。ナクシュデルは目をぱちくりさせる。

「え？」

短くつぶやいたナクシュデルに、よもや、とばかりに青年は額《ひたい》を押さえた。

「リュステム少尉《しょうい》、いるか?」

扉のむこうから聞こえた声は、あきらかに別の男性のものだった。

激しく混乱するナクシュデルの目の前で、青年は声をあげた。

「ここにおります、アブデュル中尉」

リュステムというのは、この青年の名前だろうか。そんなことを考えている横で、ばたばたとした足音とともに、数名の若者が入ってきた。もちろん全員男である。ここまでくるとさすがに動揺はしなかったが、ただならぬ事態が起きたことだけは分かった。二人の侍女達はなすすべもなく、たがいに抱きあっておびえている。

男達の先頭に立っていたのは、リュステムよりも少し年長の青年だった。鳶色《とびいろ》の髪に淡い茶水晶《ちゃすいしょう》の瞳をしている。肌は象牙色である。黒い髪に黒い瞳、小麦色の肌という典型的なオズトゥルク人らしいリュステムとはちがい、この青年には西か北の血が流れているようだった。

「中尉、なにか?」

鳶色の髪をした青年にリュステムは尋ねた。どうやら彼が、アブデュルという名の中尉のようだ。少尉、中尉という名称からして彼らは軍人なのだろう。ではこの金釦の詰襟の衣装は軍服なのか。九歳で後宮に納《おさ》められて以来、ほとんど外に出たことがなかったナクシュデルは、帝国の軍人という者を見たことがなかった。

アブデュルは少し驚《おどろ》いたようにナクシュデルを一瞥し、リュステムのほうをむいた。

「婦人達はすべて旧宮殿に移した、と言いたかったのだが、どうやら漏《も》れがあったようだな」

「ですね、俺も驚きました」

「ひとまず、この人達を旧宮殿に」

アブデュルの言葉に、彼の背後にいた青年達が侍女二人を手招《てまね》きする。

観念したのか二人とも、おとなしく青年達について部屋を出て行った。

自分も行かなければならないのだろうと思いはしたが、このままではとうてい納得《なっとく》できない。なにやら話しあうリュステムとアブデュルに、ナクシュデルは尋ねた。

「あの、なにがあったのですか？」

二人の青年は同時に顔をむけた。気まずげな顔をするリュステムとは対照的に、アブデュルは感嘆《かんたん》の眼差《まなざ》しをむけつつ、朗《ほが》らかに言う。

「お嬢《じょう》さん、名前は？」

「ナクシュデル……」

「なんとも豪勢《ごうせい》な美少女だな。あんな爺《じい》さんにはもったいない」

爺さんとはひょっとして、皇帝のことだろうか。あまりにも恐れ多い想像を、ナクシュデルは頭をひとつ振ってあわてて否定しようとした。

「革命だ」

頭上《ずじょう》から言いわたされるような物言いに、ナクシュデルは顔をあげる。

はっきりした声はリュステムのものだった。

「革命？」

聞きなれぬ単語をつぶやくと、アブデュルはこくりとうなずいた。

とはいえナクシュデルはその単語の意味が分からなかった。もちろん革命という言葉は知っている。だがそれが現実にどういった事態を意味するのか、とっさに連想することができなかったのだ。

きょとんとするナクシュデルに、リュステムは呆《あき》れた顔で眉《まゆ》をひそめる。そんなことも分からないのか、と世間知らずに対する侮蔑《ぶべつ》の表情に、ナクシュデルはかちんとくる。だが反論より先に、なにより大切なことを訊《き》かなくてはならない。

「陛下はいずこにいらっしゃるのですか？」

「国外に逃亡《とうぼう》した」

間髪《かんはつ》を容《い》れないアブデュルの返答に、ナクシュデルの頭は真っ白になった。

短い間のあと、二人の青年のうちより近くにいたリュステムにつめよった。

「こ、皇帝陛下が逃亡って、戦争でも起きたというの？」

「革命だと言ったばかりだろうが！」

物覚えの悪い生徒に癇癪《かんしゃく》を起こした教師のように、リュステムはやや感情的な声をあげた。そんな後輩《こうはい》を「まあまあ」となだめながら、アブデュルは一歩前に出た。

「われわれは国防軍の将校だ」

「はあ……」

国家の軍人である〈国防軍〉という名称《めいしょう》にナクシュデルは多少警戒を解いた。先刻の少尉、中尉という称号からしても納得できる。

「東の都《みやこ》エミュエットの国民議会で、帝国政府の廃止《はいし》が承認《しょうにん》され、軍部もこれを支持《しじ》した。よって皇帝は政治的権限をいっさい剝奪《はくだつ》されることとなり、三時間前に国境を抜けたことが確認されている」

小難しい単語をかみ砕《くだ》き、先刻の国外逃亡という言葉をかみあわせることで、ようやくナクシュデルは事態を察知《さっち》した。

つまり革命が起きて、皇帝は後宮も宮殿もそのままに逃げだしてしまったのだ。もちろん今宵初お召しの予定だった、寵姫候補のことなど頭にもなかったにちがいない。

「う、嘘《うそ》っ！」

悲鳴をあげるナクシュデルに、リュステムはわざとらしく耳を押さえてみせた。

だがそんな厭味な態度に腹を立てる余裕などない。

「ち、ちょっと冗談《じょうだん》じゃないわよ！　これまでの七年間、血のにじむような修業をしてきた努力はどうなるのよ」

「血がにじむなんて、化粧《けしょう》して着飾るだけだろう。そんな大袈裟《おおげさ》な……」

呆れたように言ったリュステムを、ナクシュデルはぎっとにらみつけた。

「そんな単純なものじゃないわよ。今日だって危うく蒸しあがるかと思うほど長いこと、浴場で全身を磨いたんだからね。肌の手入れはもちろん、全身羽根をむしられる鶏《にわとり》よろしく、あますところなく脱毛をしたのよ」

「ああ、どうりで初雪のように白くて清らかな肌ですね」

さらりと芝居がかった台詞を吐いたアブデュルに、リュステムが奇異《きい》なものを見るような眼差しをむける。いっぽうナクシュデルは努力が認められたことにひとまず満足すると、怒りの矛先《ほこさき》をリュステムのほうにむけた。

「あんた脱毛したことないでしょ」

「あるわけがないだろ!!」

速攻《そっこう》でリュステムは反論した。それまではややヒステリックなナクシュデルに気圧されていた彼だったが、脱毛ぐらいで人生の艱難《かんなん》をすべて経験されたように言われてはたまらんとばかりに、身を乗りだしてくる。

もちろんナクシュデルとて、脱毛ごときで〝血のにじむような努力〟を誇張《こちょう》するつもりはない。だがこの日のために七年間、努力をしてきたという自負はある。

「だったら一度してみるといいんだわ。女の苦労がつめの垢《あか》くらいでも分かるというものよ。他にも文字の読み書き、詩の朗詠《ろうえい》、踊りに楽器の演奏、刺繍、裁縫《さいほう》と、あらゆる淑女教育のすべては、陛下を満足させるための必須《ひっす》科目なのよ」

「へえ、読み書きができるならたいしたものだな」

アブデュルが妙なところで感心したが、ナクシュデルとリュステムの双方《そうほう》に〝茶々を入れるな〟とばかりににらみつけられ、しゅんとして押し黙った。

「そんなもの貴婦人なら誰だってやっている。俺の母親だって、それぐらいはできる」

なにげないリュステムの反論にナクシュデルは敏感《びんかん》に反応した。

母親がそのような貴婦人だということは、この男はかなり裕福《ゆうふく》な家庭の生まれということだ。そんな生まれの男に、身ひとつで納められ、おのれの才覚ひとつでのし上がっていかなければならない後宮の生活をとやかく言われる筋合いはない。

「さすが将軍夫人だな。俺のおふくろなんて、簡単な読み書きがやっとだぜ」

冷やかすようなアブデュルの発言に、ナクシュデルは二人の青年の環境のちがいを察した。とはいえアブデュルとてこの若さで中尉らしいし、簡単とはいえ読み書きができる母親なら、中流階級くらいの出ではあるのだろう。どのみち極貧《ごくひん》の家庭で生まれ育った自分とは格（？）がちがう。

（金持ちなんかに、私の努力を否定されてたまるものですか！）

こぶしを握りしめて自分に言い聞かせるナクシュデルの心境は、卑屈《ひくつ》というよりほとんど貧乏《びんぼう》を誇りにしている。握りしめたこぶしから人差し指をたて、びしっとリュステムを指差した。

「お嬢様の花嫁修業と一緒にしないでよ。陛下のお気に入りになるためには、並みいるライバルを蹴落《けお》として、生き馬の目を抜くような環境を勝ち残らなければならないのよ。いわば軍事教練のようなものだわ。いまでこそ多少は平穏《へいおん》になったけど、半世紀前ならライバルの寵姫を麻袋《あさぶくろ》につめて、サラス海に沈《しず》めるなんて日常茶飯事《にちじょうさはんじ》だったんだからね」

「……おっそろしいところだな、後宮っていうのは」

ぞっとした顔をするリュステムの横で、アブデュルがつぶやく。

「分かった？　後宮の女達は、みなそんな過酷《かこく》な環境を生き抜いていかなければならないのよ。大体あんたの母親は、結婚する前に閨房芸《けいぼうげい》なんて教わっていないでしょう！　あれだって陛下を満足させるための立派な教育だわ。おのれを高めるための技術なのよ!!」

ここぞとばかり畳《たた》みかけるナクシュデルに、首を傾《かし》げつつアブデュルが尋ねる。

「後宮の女は皇帝の手がつく前に、そんなことを教わるのか？」

「先輩《せんぱい》っ！」

小麦色の頬《ほお》を赤くして叫ぶリュステムを前に、ナクシュデルは胸を張って答える。

「そうよ、私だって十一歳のときから習っているわよ」

もはや絶句《ぜっく》しているリュステムを無視して、やけに真面目《まじめ》な顔でアブデュルが言う。

「幼女《ようじょ》にそんなことを教育しても、単に耳年増《みみどしま》を育てるだけだろう？　ああいうことは実践《じっせん》で覚えないといかんと思うのだが……それでもやっぱり、役に立つのか？」

経緯からしかたがないが、アブデュルはナクシュデルのことを百戦錬磨《ひゃくせんれんま》だと思っているようである。しかし〈閨房芸〉を実践する前にこんな事態になってしまったナクシュデルに、そんなことを訊かれても分かるはずがない。知識だけはあっても、れっきとした生《き》娘《むすめ》なのだ。

けれど、この場でそれを言うのはあまりにも癪《しゃく》に障《さわ》る。

苦労して学んできたことが、寸前で水泡に帰しただけでもへこんでいるのに、その原因を作った革命軍の人間を相手にどうして告白できよう。自分は皇帝の寵を受けていない、ただの奴隷娘にすぎないのだと。

恥《は》じらいのかけらもない二人のやり取りを聞くに堪《た》えかねたのか、ナクシュデルの戸惑《とまど》いの隙《すき》をつくように、鼻息荒くリュステムが叫んだ。

「俺は自分のために努力してくれる女の苦労は分かりたいと思うが、他人の愛人の苦労なんて分かりたいとは思わないね」

もっともな言い分に、ナクシュデルは黙りこんだ。皇帝のためにしてきた努力を、他の男に認めさせようとすること自体、そもそも筋違《すじちが》いである。

「まあ、こんなところでいつまで話していてもしかたがない」

いがみあう二人をなだめるように、アブデュルがもっともなことを言った。

「ところでお嬢さん、行くあてはあるんですか？」

「え？」

とっさに反応ができないでいるナクシュデルに、リュステムがいらついたように舌を鳴らした。

「帝政《ていせい》は解体された。とうぜん後宮は解散だ。奴隷制など非人道的な制度は、本来なら今世紀に入ってからわが国でも禁止されている。それを国家元首自《みずか》らが黙認《もくにん》していたなどと嘆《なげ》かわしい事態だ。宮殿に拘束《こうそく》されていた奴隷はすべて無条件に解放すると、エミュエットの国民議会が発表している。よってあんたは自由の身だ」

一息に言われた言葉の意味を理解するのに、しばしの時間を要した。

自由だとか解放だとか、これまで考えたこともない言葉である。もちろん切望《せつぼう》もしていなかった。一世紀前なら外出もままならなかった後宮の女達だが、現在では厳しい監視《かんし》付きではあるが、市場に出向いたり、舟遊びに興《きょう》じることも許されていた。だから〝自由〟とか〝解放〟などと言われても、それほどありがたみをもって受け止めることができなかったのだ。

「他の女性達は、ひとまず旧宮殿に収容されて家族の迎《むか》えを待っている。もちろん中には家族がない者もいるが、あんたはまだ若いんだから両親も健在じゃないのか？」

あたり前のようにされたリュステムの問いが、ナクシュデルの胸に突き刺《さ》さった。

両親は、多分いるのだろう。娘を売って得た金は安いものではなかったはずだから、飢え死にしていることはないだろう。だが自分を売り飛ばした両親を素直に懐《なつ》かしいと言えるほど、ナクシュデルは無邪気《むじゃき》な人間ではない。

「知らない」

大きくはなかったが強張《こわば》った声に、リュステムは不快《ふかい》と怪訝《けげん》が入り混じった顔でナクシュデルを見た。いっぽうアブデュルは軽く眉《まゆ》をひそめたあと、なにかを察《さっ》したように小さく息をつく。

「行くあてがないのなら、旧宮殿に住めばいい。あそこはもともと、新帝即位後に先代皇帝の寵姫達が移り住む場所だ。皇族は追放されるかもしれんが、後宮にいた者はひとまず保護されるだろう」

それまでどちらかというと明朗《めいろう》で、ともすれば能天気《のうてんき》にさえ聞こえていたアブデュルの口調からすると、別人のように落ちついた声音《こわね》だった。

「で、でも、親の安否《あんぴ》ぐらい確認してから――」

そこでアブデュルが肩を軽く小突いたので、リュステムは最後まで言うことができなかった。リュステムは不服げな顔をするが、アブデュルのいさめるような目に威勢を失って黙りこんだ。

そんなリュステムの横顔をナクシュデルは見つめる。

裕福な家庭で育ったこの青年は、後宮の女達が奴隷だということは認識していても、どういう経緯でそうなったのかは考えてもいないのだろう。それとも認識したうえで、親子だからそんな確執《かくしつ》は乗りこえられるとでも思っているのだろうか？

皮肉げに考えていると、アブデュルが言った。

「じゃあすぐに荷物を整理して。三十分したら馬車を出すから」

「三十分って、そんな短い時間じゃ……」

「身の回りの品だけだ。宮殿の贅沢品《ぜいたくひん》は没収《ぼっしゅう》され、新政府を通して国民に還元《かんげん》される」

容赦《ようしゃ》ないリュステムの言葉にナクシュデルは憤然《ふんぜん》とする。

寵姫になる前だったナクシュデルにたいした貯えはないが、それでも一方的すぎる。

「ちょっと！　革命だかなんだか知らないけど、きちんとした政府なら、個人の物を没収するなんて、火事場泥棒《どろぼう》みたいな真似《まね》をしないでよ」

「その贅沢品は、皇帝が民からしぼりとった血税《けつぜい》で購《あがな》われたものなんだ。国民に還元するのはあたり前だろう」

リュステムの反論に、ナクシュデルは言葉をつまらせる。国民の税の負担など言われるまで考えてもみなかったことだが、十分予想はできたことだった。度重《たびかさ》なる増税はただでさえ貧しい家計を圧迫《あっぱく》し、ついに両親はナクシュデルを売ったのだから。

そして後宮に入ってから知った。

寵姫達が普段使いにつけている髪飾りや耳飾りのひとつでもあれば、自分達家族が一年は食べていけたことを。クランノープという面積だけを言えばけして広くはないオズトゥルクの帝都で、同じ時間にそんな二つの現実が存在していたのだということを。

子供だったから憤《いきどお》るより、単純にすごいとしか思わなかった。

そして物の道理が分かる歳《とし》になったいまでは、世の中には光と影が存在するのだと考えるようになった。そして飢え死にしたくなければ、自分で光をつかみとるしかないと考えるようになった。

黙りこくったナクシュデルに、ここぞとばかりにリュステムは言った。

「お前は歌舞曲、芸能をはじめ、あらゆる淑女教育を受けたように言っていたが、そんな努力はすべて皇帝の虚栄心《きょえいしん》を満足させるためだけだろう。買い物のたびにつり銭をごまかされている下働きの娘に、計算のしかたを教えてやったほうがよほど世の役に立つぞ」

どう反論してよいのか分からなかった。後宮で七年間受けてきた教育が、虚栄心の一言で否定されてしまった。反発の思いはあるが、それが下働きの娘に計算を教えてやることより大切なことなのかと訊かれれば、うなずくことができない。

光をつかむことだけを考えていた。だってしかたがない。光もささない、寒くて暗い部屋での暮らしなど、もう二度としたくなかったから。昔のように惨《みじ》めな暮らしに戻ってしまうのなら、なんのために親から売られたのか分からない。

ぐるぐると思いをめぐらせ混乱するナクシュデルに、リュステムは強い口調で言った。

「お前達が浴場でのんき気に蒸されている間、着るものもなくて寒さに震えている人間がこの国には何万人といるんだ」

その言葉に、ナクシュデルの中でなにかがはじけとんだ。

彼女は唇をきっと結び、したり顔でこちらを見るリュステムをにらみつけた。

「そんなこと、あんたの三百倍は分かっているわよ。明日のコメの心配もしたことがないくせに、分かったふうな口を利《き》かないでよ！」

ナクシュデルの言葉に、リュステムは不意打ちをくらったように呆然となる。

やがて彼の顔に、痛みをこらえるような表情が浮かぶ。

単純な言葉に含《ふく》まれたさまざまなものを、リュステムは察したのだろうか？　それとも言われたことではじめて自覚したのだろうか？　自分の恵まれた環境を――。

上目遣《うわめづか》いにリュステムをにらみつけながら、ナクシュデルもまた心の痛みを自覚していた。飢えも寒さもその辛《つら》さは十分承知しているくせに、その不安がなくなったとたん、一度もそのことをかえりみなかった自分の薄情《はくじょう》さに。

ナクシュデルとリュステムは、けん制しあうように見つめあった。たがいに言いたいことを抱えながら、自分の心にやましさがあるから反論することができなかった。

そんな最中、アブデュルがリュステムの肩をぽんっと叩《たた》く。気まずさと緊迫《きんぱく》が入り混じった重苦しい空気を取り払おうとするように、明るい表情で彼は言った。

「お前の負けだな。このお嬢さんを、責任を持って旧宮殿に送っていけ」


お前の負け、までは納得できるが、その結果がどうして〝責任を持って送っていけ〟になるのか、ナクシュデルはどうしても解《げ》せなかった。同じことを思ったのか、向かいの席に座るリュステムも憮然とした顔で、窓の外を眺《なが》めている。

馬車の天井には小さなカンテラが吊《つ》り下げられ、狭《せま》い車内を橙色《だいだいいろ》の明かりが照らしだしていた。日はすっかり暮れており、通りにはガス灯《とう》が点《とも》りはじめていた。

革命という大きな事態があったというのに、街中は思ったより平穏に見える。世間はすでにその運命を受け入れていたのだろう。

後宮育ちのナクシュデルは外出などほとんどできなかったので、日ごろとどうちがうかなど分からなかったのだが、それでも後宮の女が皇帝や宦官以外の男と二人きりで馬車に乗るなど、昨日《きのう》までだったら考えられない事態である。自分が知らないところで、とんでもない変化があったことをひしひしと感じる。

「革命はいつからはじまったの？」

ナクシュデルからすれば思案の末に口をついた問いだったが、リュステムにしてみれば唐突《とうとつ》な質問だったのだろう。彼は少し驚いたように、窓にむけていた顔を戻す。

「東の都エミュエットでは、半年も前から国民議会が成立していた。皇帝がそれを認めていなかっただけで国民のほとんどは支持している。軍部もみな国民議会を支持した。だから皇帝は挙兵もできずに国外逃亡したんだ」

想像すらしなかった事態にナクシュデルは言葉も出ない。あたり前だが後宮に納められた女達にとって皇帝は絶対の存在だった。国を動かすのは皇帝の一存のみで、議会も宰《さい》相《しょう》も逆らうことはできないという、絶対君主制を叩きこまれてきた。

その皇帝に軍部や議会が反旗《はんき》をひるがえし、それを国民が総じて支持した。

まさに天地がひっくりかえったような衝撃だった。

「どうして革命を起こしたの？」

子供のように単純なナクシュデルの問いに、リュステムは一瞬怪訝な顔をした。

「お前は腹が立たなかったのか？　明日のコメを心配するような生活も、奴隷として売り買いされる自分の身にも――」

ナクシュデルは虚《きょ》をつかれたように、目の前のリュステムを見る。

先ほどナクシュデルが怒りに任《まか》せて叫んだ理由を、彼は理解していたのだろうか。

「それが陛下のせいだというの？」

「一人の責任だとは言わない。諸外国と不利な条約を結びつづけていたのは、先代の皇帝達だ。だが皇帝はそれを踏襲《とうしゆう》した。その結果、帝国は列強《れつきよう》の食い物にされ、次第に領土も減らしていた。そのつけが国民の負担となっていた」

「それは〝クレボスの独立〟を言っているの？」

父祖の地である、隣国《りんごく》の名をナクシュデルは言った。

リュステムはナクシュデルの髪や瞳を一瞥した。

「お前、クレボス人か？」

「そうよ。でも生まれも育ちもクランノープよ。エセナ地区に住んでいたわ」

エセナ地区という名称に、リュステムは合点《がてん》がいった顔をする。クランノープでも特に外国人が多く、そのぶん貧しい者が多い地区だ。

実はナクシュデルはオズトゥルク人ではない。クレボス系オズトゥルク人の両親のもとに生まれ、七年前までは〝ナディア〟というクレボス名で呼ばれていた。ナクシュデルという名は、後宮に入ったときに授《さず》かったオズトゥルク名である。

クレボスはかつてクランノープを都としていた王国で、オズトゥルクとは国教も民族も異なっていた。しかし四百年前オズトゥルクの侵攻《しんこう》を受けて滅亡《めつぼう》したのだ。

被支配国の民は普通なら支配国に併呑《へいどん》されそうなものだが、税さえ納めれば信仰《しんこう》の自由を認めるという帝国の方針から、ちがう国教を持つオズトゥルク人と結婚が進まず、結果として帝国領土には〝オズトゥルクに住むクレボス人〟といった類《たぐい》の外国人が多数を占めるようになっていたのだ。

ちなみに帝国は征服した国すべてに同じ方針を貫《つらぬ》いたので、相対的に外国人の割合が高まり、現代では国内に住む純粋《じゅんすい》なオズトゥルク人は、総人口の四分の一にも満たないと言われている。ナクシュデルやアブデュルのように、あきらかに外国人の容貌《ようぼう》を持つオズトゥルク人はいっこうに珍しくない存在だし、逆にリュステムのように典型的なオズトゥルク人の外見を持つ者のほうが珍しいぐらいだ。

そんな状況下にあって、クレボス人が独立戦争により、念願の〝国家〟を得たのは半世紀前のことだった。オズトゥルク帝国西部に領土を得たクレボスは、独立支援《しえん》をしてくれた西洋列強の一国、ベレンギ王国の王子をクレボス国王として即位させ、王国を成立させたのだ。よって現在の両国は、ベレンギがクレボスの内政《ないせい》に干渉《かんしょう》する、保護国と被保護国という関係にある。

ナクシュデルが言った〝クレボスの独立〟とは、このことである。

「確かにクレボスの独立は、わが国の弱体化を世界にさらした出来事だったな」

面白くもなさそうにリュステムは答えた。最盛期の繁栄ぶりなど見る影もなく弱体化したオズトゥルク帝国は、ベレンギ王国の支援を受けたクレボス自治政府の独立要求に抗《あらが》うことができなかった。

「そのうえクレボスは独立だけでは飽きたらず、さらなる領土拡大を狙《ねら》ってオズトゥルクに攻め入るため、保護国であるベレンギに支援を求めつづけている。国民議会はそれだけはなんとしてでも防ぐ方針でいたが、皇帝の弱腰外交に任せていたらオズトゥルクは骨の髄《ずい》まで食い尽《つ》くされてしまう」

それが革命のきっかけになったのだと、暗にリュステムは匂《にお》わせていた。

「だけどベレンギが、そこまでクレボスを支援するはずがないでしょう？　クレボスの領土が広がったって、ベレンギには一銭の得にもならないのだから」

ナクシュデルの問いに、リュステムは軽く目を見開く。

そこにかすかな賞賛と感嘆の色を見つけ、ナクシュデルは瞳を凝《こ》らす。

「え？」

「お前、案外鋭《するど》いな」

ひょっとして褒めたのだろうか？　疑いと戸惑いを交えつつ視線をむけると、一拍《いっぱく》おいてからリュステムは説明をはじめた。

「クレボス国王が、ベレンギ王国の王子だというのは知っているか？」

ナクシュデルはうなずいた。半世紀前の独立戦争後、クレボス王として西の強国ベレンギ王国の王子が即位《そくい》したのは、クレボスに王家が存在しなかったこともあるが、独立戦争のさいに最大の尽力《じんりょく》をしてくれたのがベレンギだったからだ。

「半世紀前の独立戦争は、クレボスを援助《えんじょ》するという大義名分《たいぎめいぶん》のもとに行われた、事実上ベレンギのオズトゥルクに対する侵略戦争《しんりゃくせんそう》のようなものだ」

忌々《いまいま》しげに言われた言葉に、ナクシュデルは妙に納得した。そもそもそんな理由でもなければ、莫大《ばくだい》な費用と犠牲《ぎせい》を払《はら》ってまで他国の独立戦争に手をかすはずがない。

「現王妃《おうひ》は一応クレボス貴族だが、国王がベレンギ王子ということもあって、クレボスの政権の大半はベレンギ人で占められている。今回の領土拡大への呼びかけも、おそらくベレンギ王国の方針だろう」

つまりベレンギ王国は自国の利益を拡大する目的で、クレボスのためと言いながらさらなる侵略を狙っているというわけなのか……。そんなことを考えている最中、気がつくとリュステムがじっとこちらを見ていた。

「？」

「エセナ地区だったらすぐ近くだぞ。本当に行かなくていいのか？」

ナクシュデルは軽く息を呑んだ。

いくらリュステムが貧困《ひんこん》とは縁のない環境で育ったとしても、先刻のやり取りでナクシュデルの家庭の事情は察したことだろう。

そのうえで、あえてこの問いをした。その意図が曖昧《あいまい》ながらも伝わってくることに、ナクシュデルは複雑な気持ちになる。

（だって自分を売った親なんかに、どんな顔をして会いに行けというのよ）

答えに窮《きゅう》して、膝《ひざ》の上でこぶしを握りしめる。天鵞絨《ビロード》のベストと白絹の脚衣の豪華《ごうか》さも、いまとなっては皮肉でしかない。だけどこんな格好は、エセナにいたら絶対にできなかった。それだけではない。朝から浴場に入りめかしこみ、読み書きや楽器の演奏を習うなど昔なら絶対にできなかった生活だ。あのまま両親のもとにいたら、読み書きどころか計算すらできなかったにちがいない。

黙りこくったナクシュデルを一瞥すると、リュステムは窓の外に視線をそらした。

二人の間にぎこちない空気が流れ、車輪が回る音と蹄《ひづめ》の音だけが聞こえていた。

やがて旧宮殿に着いたのか、馬車が停まる。乗りつけたのはもちろん裏門である。

窓から外をのぞくと、石造りの門柱に青銅《せいどう》の扉を構えた門前には、何台もの馬車が停まり、無数の人々が行きかって大変な喧騒《けんそう》となっていた。一世紀前までの三百年間、帝国の宮廷としてありつづけた旧宮殿は、現在では先代の皇帝に仕えた女性達の居住の場となっている。そこにいきなり予定外の女性達が大挙して押し寄せたのだから、中も外も大変な騒動になっていることだろう。

そんな中で門扉《もんぴ》の前に立つ、ひときわ華やかな女性にナクシュデルは目を見張った。

アイハンである。門前で別の女性となにやら言い争っている。

「嘘よ、陛下が私をおいていかれるなんて。だってユムニエやナイマムが連れて行かれたというのに、なにかのまちがいよ」

「陛下はお子様達とその母御《ははご》だけをお連れになりました。成人した皇子様達はすでに国外に脱出されています」

そのときのアイハンの心境は、容易《ようい》に想像できた。

三年もの間、第一のお気に入りの座を保守しておきながら、皇帝は最後に彼女を選ばなかった。寵姫はあくまでも、妻ではなく奴隷なのだ。飽きたら猫のように捨てられても文句は言えない。連れ出された寵姫達とて、母親として子供に必要だったから選ばれたにすぎないのだろう。子供に必要な奴隷だったから、おもちゃのように与えられたのだ。

目の前に突きつけられた現実に、ナクシュデルはやるせない気持ちになる。

貧民《ひんみん》の子供は親に奴隷として売られるというのに、皇帝の子供は父親に、母親を奴隷として買ってもらうのだ。

皇帝の子供とわが身の運命を比べてもしかたがないと分かっている。

では皇帝の父親と比べて、ナクシュデルの父が愛情に劣《おと》っていたというのか？

（お金がなかったら、自分の子も愛せないっていうの？）

とつぜん胸に熱い思いがこみあげてきて、ナクシュデルは正面に座るリュステムのほうに向きなおった。

「リュステム少尉！」

「は、はい」

迫力《はくりょく》のある顔と声音に、リュステムは上官に命令されたかのようにかしこまる。

「あんた、いま暇《ひま》？」

「……暇なわけ、ないだろう!!」

普通に考えて革命が起きた当日の晩に、軍当事者に対してこの台詞はないだろう。しかしナクシュデルのほうはまったく気にしたようすがなかった。

「急ぐところを悪いけど降りてくれない。帰りは他で馬車をかりて」

言いながらすでにナクシュデルは扉を開けている。すぐにでも降りろといわんばかりである。リュステムはさすがに閉口したようだったが、怒鳴《どな》る前にしかめっ面で尋ねた。

「どこに行くんだ？」

「エセナ地区よ」

ナクシュデルの口から出た、彼女の生まれ故郷《こきょう》の名に、リュステムはさして驚かなかった。ただ彼は確認するように尋ねた。

「どういった心境の変化だ？」

「どうしても訊きたいことができたの」

「えらく衝動的《しょうどうてき》だな」

呆れたように言いながら、リュステムはナクシュデルが開いた扉を閉めなおした。

ぱたりという音にナクシュデルは警戒するようにリュステムを見る。リュステムは窓から身を乗りだし、御者《ぎょしゃ》に対して「エセナに行ってくれ」と言った。

驚くナクシュデルに向きなおると、リュステムは面白くもなさそうな顔で言った。

「これだけは言っておく。俺はけして暇じゃない」

勢いで尋ねた言葉で悪意はなかったのだが、どうやら根に持たれたようだ。

暇なら馬車をかりられるかと思って尋ねたのだが、失言《しつげん》にはちがいない。

「あ、もちろんそれは分かっているわ。一応確認しておこうと思っただけで、気を悪くしたのならごめんなさい」

素直に謝罪すると、リュステムはひどく意外な顔をする。

これまでの発言からしかたがないが、よほど気の強い女だと思われているのだろう。

「だけどお前がエセナ地区に行きたい、という気持ちは共感できるから協力する」

今度はナクシュデルが驚く番だった。そんな彼女を無視して、リュステムは御者にむかって「行け」と命令した。がらがらと音を立てて馬車が動きだした。しばし呆然としていたナクシュデルだったが、われにかえりリュステムのほうに身を乗りだす。

「べ、別にあんたを付きあわせるつもりは――」

「こんな時間に女を一人で、出歩かせられるはずがないだろう」

断固《だんこ》として言われた言葉にナクシュデルは押し黙る。

オズトゥルクの女性は、おもに信仰上の理由であまり外出しない。

エセナ地区はクレボス人も含め外国人が多い土地だから、かならずしも準じないが、それでも夜に女が一人出歩くなど、信仰に関係なく物騒《ぶっそう》にはちがいない。

「大体、お前は九つで後宮に来たって言っていただろう？　家までの道なんて覚えているのか？」

「………」

「やっぱりな………」

黙りこんだナクシュデルに、リュステムはため息交じりに言った。

勢いでエセナに行くと口にしたが、そんなことまで考えていなかった。住んでいた場所の周辺や景色は覚えているが、住所など正確なものは記憶《きおく》にない。

「親の名前は？」

「マノリス、マノリス・アスレリス。母親はカリスタよ」

両親の名前を九年ぶりに口にしたような気がする。怒りや嫌悪の感情はなく、気恥ずかしいような気がした。そのことにナクシュデルは不思議な感慨《かんがい》を覚えていた。

「そうか、クレボス人は姓《せい》があるんだったな」

思いだしたようにリュステムは言った。オズトゥルク人に姓はなく、代わりに父や母の名前を受け継《つ》ぐ。本人の名前に加えて、両親の名前がつづくというわけだ。人によっては祖父《そふ》や曽祖父《そうそふ》の名前まで受け継ぐので、とんでもなく長い名前の者もいる。

「よし、その名前で尋ねればなんとかなるだろう。広い地区じゃないし……」

ナクシュデルは目を瞬《しばたた》かせた。

「探してくれるの？」

「さっきも言っただろう。こんな時間に女一人を外に出すわけにはいかない」

馬鹿なことを訊くな、とばかりにリュステムは少し声を大きくした。とうぜんのように手伝ってくれようとする彼に、ナクシュデルは目をしばたたく。

確かにこんな時間に娘が一人で出歩くなど危険すぎる。だからリュステムは付きあってくれようとしているのだ。

しかし普通の人間なら、今宵探すことのほうを止めようとするだろう。ひとまず旧宮殿に戻れとか言って。だがリュステムは止めなかった。その理由を、先刻彼は語った。

――エセナ地区に行きたい、という気持ちは共感できるから協力する。

だが共感はできても、時間と労力を割《さ》いてまで協力してくれる者はそういない。ありがたいと思う気持ちと同時に、申しわけなさが浮かぶ。

「……あ、ありがとう」

ぎこちない礼に、リュステムははっとしたようにナクシュデルを見た。上目遣いに自分を見るナクシュデルと目をあわせると、彼はぷいっと顔をそむけた。カンテラの明かりに照らされた頬が、かすかに赤くなっているように見えた。

リュステムはナクシュデルが、どうしてエセナ地区に行きたいと思ったのかを察したのだろうか？　だからこそ共感できると言ってくれたのだとしたら――。

「あ、あの………」

言葉を口にしないうちに馬車が停まった。

「着きましたよ」

いつのまに降りたのか、扉のむこうから御者の声がする。リュステムは窓を開け、控えていた御者になにやら申しつけた。御者はひとつうなずき、すぐさま走り去っていった。

なんだろうという顔をするナクシュデルを前に、リュステムは軽く背伸びをした。

「降りないの？」

「場当たり的に探しても効率が悪いからな。区長を呼び寄せた」

簡単に言われた言葉にナクシュデルは驚く。確かに国防軍将校の呼びだしとあれば、区長は飛んでくるだろう。しかし今回の件はまったく個人的なことなのだから、国家権力を使うことは公私混同ではないか？

「そ、そんな悪いわよ、こっちは頼む側なのに」

「大丈夫だ、父親の知りあいだから」

「え、そうなの？」

「ああ、だから気にするな」

事もなげにリュステムは言うが、頼む側が呼びだすのは礼儀《れいぎ》としてどうかと思う。とはいえナクシュデル自身がリュステムに頼む側なので抗議《こうぎ》もしにくい。しかたなく黙って窓の外に目をむけた。

古びた集合住宅がひしめくように立ち並んでいる。明かりはそれぞれの部屋の窓から漏れてくるものだけで、宮殿前の通りではあれだけ輝いていたガス灯も、この通りにはいっさいない。それでも人が多いため、暗いことはあまり気にならなかった。

裕福とは言えないが、エセナ地区は独特の雰囲気《ふんいき》と活気にみなぎるところだった。クレボス人も含めて外国人が多いこともあり、住む人々は独特な服装をしている。信仰もちがっているので、オズトゥルク人のように頭布《ターバン》や円筒形の帽子をかぶったりはしていない。女性達もヴェールで顔を隠していない。

やがてばたばたと石畳《いしだたみ》を蹴る音が聞こえてきて、外から扉が叩かれた。リュステムが扉を押し開けると、そこには恰幅《かっぷく》のよい壮年《そうねん》の男性が立っていた。走ってきたのだろう。自身が持つカンテラに照らされた顔は少し汗ばんでいる。

「サドリ・ファイク様のご子息《しそく》様で？」

「ああ、リュステム・サドリという。わざわざ足を運ばせてすまなか……」

「とんでもないです」

リュステムが言い終わらないうちに、壮年の男は大袈裟に首を横にふってみせた。

「お父上にはいつもよくしていただいております。エセナ地区が平穏なのは、この地区の持ち主であるサドリ様のおかげです。そのご子息のご依頼《いらい》とあれば、私は喜んで協力いたしますよ」

両手をもみしだきながら言われた言葉に、ナクシュデルはあ然とする。

リュステムは居心地が悪そうに軽く肩をすくめはしたが、慣れた反応で区長を馬車の中に招き入れた。むかいあって座っていたナクシュデルとリュステムだったが、恰幅のよい区長に席を譲《ゆず》るため、細身のリュステムがナクシュデルの横に席を移す。

「こちらは、奥様で？」

思いもよらぬ言葉にナクシュデルは危うく咳《せ》きこみかけた。

「だ、誰が！」

リュステムと同時に叫んだ。二人そろって顔が真っ赤になっていた。

そんな二人の反応に区長はさして驚いた顔もせず、それどころかからかうように言う。

「これは、これは、若様も隅におけませんな。皇帝の後宮においてもよいほど、お美しいお嬢さんではありませんか」

「……」

「ちがうってば、おじさん。私は確かに後——あいたっ！」

危うく正体を口走りそうになった矢先、横に座るリュステムに足を踏まれた。

なにをするのよと抗議しかけたが、口元を引きつらせて怒鳴りだす寸前のリュステムの顔に、気圧されたように口をつぐむ。

恋人や愛人からはほど遠い雰囲気に、区長は警戒するように二人を見る。

そんな眼差しに気がつかないふりをして、リュステムは尋ねた。

「区長はマノリス・アスレリスという男を知らないか？　妻はカリスタというそうだが」

両親の名前にナクシュデルは緊張する。矢も盾《たて》もたまらず、リュステムを巻きこむようにしてここまで来てしまったが、いざ両親が目の前に来たらどうふるまったらよいのだろうか？　それよりも両親はなんと言うだろうか？　手放したりしてすまなかった、帰ってきてくれてよかった——そう言ってくれるのだろうか？

「マノリスとカリスタ？」

区長は首を傾げる。やがて彼はぱんっと両手を鳴らした。

「ああ、確か二年ほど前に亡くなりましたよ」

振動《しんどう》に呼応するように、天井のカンテラが揺《ゆ》れていた。

馬車は旧宮殿にむかっていた。窓に頬をよせ、ナクシュデルは放心したように過ぎ行く景色を眺めていた。隣《となり》でリュステムは、さぞ気まずい思いをしているのだろうが、さすがに彼のことを思いやる余裕はなかった。

両親は、数年前から冬になると世界中に蔓延《まんえん》している、流行性感冒《インフルエンザ》にやられたのだという。医者に行く金はもちろんなかった。娘を売って作った金は、五年の歳月で食いつぶしてしまっていたようだ。仕事がないのだから、無収入ではいずれそういう結果になることは目に見えている。同じ事情で亡くなった者は、エセナ地区にかぎらず、全世界に何万人といるのだろう。

「おい……」

沈黙に耐えかねたのか、それとも心配したのかリュステムが呼びかけた。ナクシュデルは窓に押しつけていた顔を離す。薄暗い中でも分かるほど青ざめた面持ちに、リュステムは痛々しいというような眼差しをむける。

「すごく会いたかったわけじゃないの。でも、訊きたかったことがあったの」

「？」

「ひょっとして私のことを思って、売ったのかって」

あのままだったら、三人そろって日干しになっていただろう。仮に食いつなぐことができたとしても、流行性感冒にやられて医者にも行けずに一緒に死んでいただろう。

だから両親を恨《うら》みながら、ときどきナクシュデルは思うことがあった。

私の幸せを考えて、断腸《だんちょう》の思いで奴隷商人に売ったのではないかと――。

「馬鹿よね。奴隷として売り飛ばしておいて、そんなわけないじゃない」

辛《かろ》うじて最後まで言えはしたが、あとのほうは言葉が震えてくぐもったような声になっていた。膝の上でこぶしを握りしめ、ナクシュデルはぐっと唇を結んだ。まるでそれがきっかけであったように、涙のしずくが白絹の下衣の上に落ちた。どうしよう、極上《ごくじょう》の絹なのに汚れてしまう、などとぼんやりと考えていたときだ。

「お前、優しいな」

ぽつりと言われた言葉にナクシュデルは驚いて顔をあげる。瞳は涙で濡れていたのだろうが、リュステムはさして動じたようすを見せなかった。気がつかないふりをしているのか、それとも親が死んだのだから、泣くのがあたり前だと思っているのかは分からなかった。

「優しい？」

ナクシュデルは首を傾げた。これまでの自分の彼に対する態度を考えれば、どうしてそ

んな言葉が出てくるのか分からなかった。裕福な家庭で育ち、貴婦人の母親を持つリュステムからすれば〝慎《つつし》みがない〟と罵倒《ばとう》されてもしかたがない、乱行《らんぎょう》と暴言《ぼうげん》の数々だったと思うのだが。

ぷいっとそっぽをむいて、ふて腐《くさ》れたようにナクシュデルは言う。

「そんな、心にもないことを言ってまで慰めてくれなくてもいいわよ」

「優しいよ。自分を売った親をそんなふうに想ってやれるなんて。俺なら多分できない」

静かだが断固とした口調に、ナクシュデルは驚いてそむけていた顔を戻した。すると生《き》真面目《まじめ》な表情《かお》でこちらを見る、リュステムの黒い瞳と視線があった。どきりとするナクシュデルに、リュステムはさらに言葉をつづける。

「そんなお前を育てた親なんだから、きっとお前のことを想っていたはずだ」

「………」

ナクシュデルはうっすらと唇を開いてリュステムを見つめる。ざわつきはじめた胸の奥が、次第に熱いものでいっぱいになる。いっぽうリュステムは、泣きだしそうな顔で自分を見るナクシュデルに、にわかにあわてはじめた。

「お、おい……」

「ありがとう。あんた、意外といい人ね。最初に会ったときはただの変質者だと思っていたけど」

　鼻水をすすりながらの台詞に、リュステムは顔を引きつらせる。言うまでもなくナクシュデルは、後宮に飛びこんできたリュステムを変質者扱いしてさんざん罵倒していた。

「……………お前、本当に俺に感謝しているのか？」

「しているわよ。変質者だと思っていたけど、本当はいい人なんだって」

「お前、本当に後宮で淑女教育を受けてきたのか？」

「受けてきたわよ。閨房芸も含めて、一番優秀だとお墨付きをもらっていたわ」

　恥ずかしい台詞を得意げに言うナクシュデルに、リュステムは度《ど》し難《がた》いという顔でため息をついた。

「心配するだけ無駄だったな。俺の気配りをいますぐ返せと言いたい気分だ」

「気配りってそんな減るものでもあるまいし、せこい男ね」

「一から十まで腹の立つ女だな！　ああ、本当に心配して損《そん》した！　お前なら後宮どころか絶海の孤島《ことう》に行っても、厚かましく生きていけるだろうさ！」

　リュステムが叫んだとき馬車が急停車した。はずみでナクシュデルは、前方につんのめりそうになった。

「危ない」

　とっさにリュステムの手が伸びてきて、前の席に突っこみそうになったナクシュデルの身体を引き寄せる。肩のあたりに伸びてきたリュステムの腕に、ナクシュデルはほっと息をつく。彼が引き寄せてくれなかったら、前の座席に頭をぶつけていただろう。

「あ、ありが……」

礼を言いながらふりむこうとしたナクシュデルだったが、リュステムの顔が影を作るほど近くにあることに気がつき、鼓動が大きく鳴った。

(う、うわっ、ち、近すぎ!)

いっぽうリュステムも安堵《あんど》したように視線を落としたあと、自分が引き寄せたナクシュデルが思いがけないほど近くにいることに気がついて、ぎくりとした顔をする。

たがいの吐息《といき》が感じられるほどの距離にあわてるが、相手を跳《は》ねのけるわけにも、自分が飛びのくわけにもいかない。おたがいにどうしてよいのか分からないまま見つめあい、まるで相手の瞳に縫いつけられたように視線がそらせなくなる。

「少尉!」

二人を現実に引き戻したのは、外からの御者の呼びかけだった。

リュステムは大きく息をつくと、ゆっくりとナクシュデルの身体を離して、扉のむこうにいる御者に「どうした?」と尋ねた。放心したように座席にもたれたナクシュデルは、息も苦しいほど速まった鼓動に胸をぎゅっと押さえた。

「すみません、通行止めのようです」

「なに?」

同じ道を戻っているはずだが、来るときはそんなことはなかった。

　ということは、わずか一時間のうちに状況が変わったのだろう。窓を開けて身を乗りだすリュステムの後ろから、そっと外の光景をのぞき見る。するとリュステムと同じ軍服を着た将校や一般の兵士達の姿が数多く見えた。

「非常事態宣言が出たようだな。今晩は宮殿への道は封鎖《ふうさ》される」

「そんな……」

　人事のようなリュステムの物言いに、ナクシュデルは非難《ひなん》の声をあげる。

「それじゃあ、今晩は野宿じゃない。どこか他に道はないの？」

　もっともな問いに、リュステムは気難しい表情で通りを見守っていた。

　やがて彼は窓の外で指示を待つ御者になにやら耳打ちをした。御者はうなずいて席に戻っていった。

「どうするの？」

　ナクシュデルの問いに、渋い顔でリュステムは言った。

「今晩は諦《あきら》めて、俺の家に泊まれ」

第二章

目覚めたとき、これまでのことは夢だったのかと思った。

広い寝台《しんだい》に下がる紗《しゃ》の天蓋《てんがい》のむこうは、見たこともない立派《りっぱ》な部屋だった。

白地に藍色《あいいろ》の塗料《とりょう》で、なでしこやチューリップの紋様《もんよう》を描いたタイルが壁面に張られ、床には複雑な幾何学模様《きかがくもよう》を織りだした絨毯《じゅうたん》が敷《し》かれていた。

置かれた調度は螺鈿《らでん》や七宝細工《しっぽうざいく》を施《ほどこ》した豪華《ごうか》な物で、精緻《せいち》な細工の格子窓《こうしまど》からは柔《やわ》らかな朝日が差しこみ、絨毯の上に複雑な影を作りだしていた。

(皇帝陛下《こうていへいか》の寝室《しんしつ》?)

お召《め》しを受けていなかったナクシュデルは、皇帝の寝室に入ったことがなかった。

だがこの立派な部屋は――ひょっとして自分は夢を見ていただけで、ちゃんと皇帝に召されたのではなかったのだろうか?

薫《た》き染《し》められた香《こう》の残り香がただよう室内で、ナクシュデルは広い寝台を見回す。

白い敷布《しきふ》は多少乱れているが、隣《となり》に誰かが居た気配はない。

（そうか。私、リュステムの家に泊めてもらったんだ）

ようやく昨晩の現実を思いだしたとき、叩扉《こうひ》の音がして二人の人物が入ってきた。

四十前後の女性が前を進み、ワゴンを押した十歳くらいの少女が後ろにつづいている。

「お目覚めでございますか？」

枕辺《まくらべ》に立った女性の問いに、ナクシュデルは寝台の上でおずおずとうなずいた。

昨晩紹介されたばかりの、この美貌《びぼう》の婦人の名はナシム夫人。この家の女主人で、すなわちリュステムの母親だった。

（なるほど、確かに貴婦人だわ……）

ナクシュデルは心の中でうなった。後宮で言い争ったとき、リュステムはなんの臆面《おくめん》もなく自分の母親を〝貴婦人〟だと言っていたが、確かにそれ以外の形容《けいよう》が思いつかない女性だった。

優雅《ゆうが》で洗練された物腰、卵型の小さな顔に刻まれた彫《ほ》りの深い顔立ちは、リュステムとよく似ている。落ちついた色合いのヴェールを小さな金貨を並べたような飾りで留《と》め、ふんわりと巻いた黒髪を耳の下から少しだけのぞかせている。黒地に臙脂《えんじ》の刺繍《ししゅう》が入ったブラウスに臙脂色の脚衣《きゃくい》を重ね、糸杉のような深い緑色の上着を羽織《はお》っている。

「昨晩は本当にお世話になりました」

深々と頭を下げたナクシュデルに、夫人は優しく言った。

「いいえ、リュステムがあなた様と一緒に戻ってきたときは驚きましたが、聞けば本当に大変でしたね。昨晩はよくお休みになれましたか？」

「ええ、とてもよく……」

そこでナクシュデルは、あわてて寝台から降りる。足を下ろした先には、いつのまに用意されていたのかフェルト製の部屋履《ば》きが置かれていた。

「どうぞ」

ワゴンを押してきた少女が、硝子《ガラス》製の杯《さかずき》に入ったチャイを差しだした。受け皿は青い模様が描かれた白磁器《はくじき》で、銀製の茶匙《ちゃさじ》が添《そ》えられている。

「あ、ありがとう」

皿ごと受け取ったナクシュデルにナシム夫人が言った。

「差しでがましいでしょうが、私の若い頃の服を何枚か持ってきました。あなたが昨夜着ていらした服は、ちょっと普段使いには豪華すぎますから」

「そんな、なにからなにまですみません」

「いいえ、先帝の寵姫《ちょうき》ともあろうお方に、このような着古しをお渡しするなど本当に心苦しいのですが、なにぶん我が家には女の子がいないものですから、このようなものしか用意できずに申しわけございません」

こちらが詫《わ》びるべきところを、逆に謝罪されてナクシュデルは恐縮《きょうしゅく》した。

昨晩自宅にナクシュデルを連れてきたリュステムは、事の次第をおおよそ正直に母親に伝えた。送迎《そうげい》の馬車に乗りそこなった寵姫を送ってゆく最中、通行止めにあってしまい、しかたがなく連れてきたと言うと、ナシム夫人は心の底から同情を寄せてくれた。

おおよそという言葉通り告《つ》げていない真実と、真実ではないことがひとつずつある。

告げていない真実は、両親に会うためにエセナ地区に回り道をしたこと。

真実でないことは、これは本当にリュステムもそう思っているからしかたがないが、ナクシュデルが皇帝の寵姫ということである。

あきらかに真実ではない。寵姫になる可能性はあったが、手がつく前に逃げられてしまったのだから。かといってあの場で「私は皇帝から手をつけられなかった」と声を大にして言うのもはばかられた。

もちろんこの場で訂正することもできる。しかしリュステムも夫人も、しょせんいまだけの付きあいの相手だ。今日中には旧宮殿に行けるだろうから、そんなことをわざわざ告白する必要はあるまい。

「すぐに朝食ですから、準備ができたら食堂においでください」

屈託《くったく》なく微笑《ほほえ》むと、夫人は連れてきた少女とともに出て行った。

一人になってからナクシュデルは、部屋の隅《すみ》にある洗面台で顔を洗い、夫人が置いていった衣装を身につけた。白のモスリンに淡《あわ》い金糸《きんし》で刺繍がされたブラウスに、朱色《しゅいろ》の脚衣という娘らしい色使いである。金色の髪を二つに分けてゆるく編むと、それで身支度《みじたく》は終わった。後宮にいたときは、いつ皇帝のお召しがかかってもいいように、毎朝時間をかけておめかしをしていた。浴場で身体《からだ》を磨《みが》きあげ、着付けや化粧《けしょう》をすませると、午前中は終わっていた。

「確かに、三十分あれば十分よね」

独りごちてからナクシュデルは、そっと部屋の扉《とびら》を押し開けた。硝子窓からまばゆい光が差しこみ、絨毯が敷かれた長い廊下《ろうか》を照らしだす。天井には豪華なシャンデリアが下がっており、朝日を受けてまるで星のようにきらめいていた。

窓から外を眺《なが》めると、薔薇園《ばらえん》と噴水《ふんすい》で飾られた中庭が見える。

「どんだけすごい家なのよ……」

感嘆《かんたん》と腹立ちを交えてナクシュデルはつぶやいた。

昨日の区長とのやり取りを聞いて、リュステムが裕福な家庭の子息《しそく》であることは察《さっ》していたが、それでもこの邸宅《ていたく》に連れてこられたときはさすがに驚《おどろ》いた。

「あいつやっぱり、明日のコメの心配はしたことがなさそうね」

「悪かったな」

ぎくりとしてふりかえると、背後にリュステムが立っていた。これから仕事に行く予定なのか、昨晩と同じ軍服を着ている。自宅だからか、帽子はかぶっていなかったが。

悪口というほどのものではないが、あきらかに敵意《てきい》を持って言った台詞《せりふ》を聞かれてナクシュデルはうろたえた。かといってはっきり批判《ひはん》をしたわけでもないから、言い訳をするというのも少しちがう気がする。

「お、おはよう……」

「おはよう」

困り果てたあげくふて腐《くさ》れたように言うと、同じくらいふて腐れたようにリュステムは返した。反発するより先に、まず泊めてくれたことへの礼を言うべきだとは分かっているが、石でも呑《の》みこんだかのように、喉《のど》の奥がつまって素直な言葉が出てこない。

「あの、昨日は……」

「リュステム!!!」

窓硝子を揺《ゆ》らすような大声に、ナクシュデルは驚いて口をつぐむ。目の前のリュステムも、あっけに取られた顔でナクシュデルの背中越しに廊下の奥を眺めている。ばたばたと騒々《そうぞう》しい足音にふりかえると、アブデュル中尉《ちゅうい》がものすごい勢いで走ってきていた。

他人の家を訪問してきたとは思えぬふるまいに、ナクシュデルもリュステムもきょとんとしてアブデュルを見る。

「先輩《せんぱい》？」

「お、お前ってやつは！」

叫《さけ》ぶやいなやアブデュルは腕《うで》を伸ばし、リュステムの胸元を金釦《きんボタン》ごとわしづかみにした。

「俺はお前のことを、裸《はだか》の女と地下牢《ちかろう》に閉じこめても大丈夫な男だと見込んで、このお嬢《じょう》さんを送らせたんだぞ」

ぐいっと腕を引くようにして近づけた後輩《こうはい》の顔に、唾《つば》を飛ばさんばかりにアブデュルは叫んだ。それにしても興奮のあまり誰も気がついていないようだが、若く健康な男性にむかって考えようによっては非常に失礼な言葉だ。

「せ、先輩、く、苦しい……」

「そりゃあ後宮《こうきゅう》仕込みの閨房芸《けいぼうげい》まで学んできた相手なら、お前も色々指導してもらえてよかったかもしれん。うらやましくないとは俺も言わん。しかし落ちこんだ女相手にここぞとばかりにねんごろになろうとは、火事場泥棒みたいで男としては最低だぞ！」

軽い口調や態度からは意外に思えるほど、義侠心《ぎきょうしん》にあふれる台詞である。

ここまで言われてアブデュルがなにを誤解しているのか、ようやくナクシュデルは理解できた。リュステムも同じらしく、あからさまに不快げな顔になる。

「なにを誤解しているのよ！」

「なにを誤解しているんですか！」

異口同音《いくどうおん》に叫ぶと、アブデュルは〝あれ？〟という顔で二人を見比べた。

「ちがうのか？」

「ちがいます！」

またもやナクシュデルとリュステムは、同時に叫んだ。ここに至ってようやく、アブデュルは自分の誤解を察したようだった。彼は拍子《ひょうし》抜けした顔で、リュステムの胸元から手を離した。引っ張られた金釦の位置を整えながら、ふて腐れた顔でリュステムは言った。

「先輩もご存知《ぞんじ》でしょう？　非常事態宣言が出たせいで、通りが通行止めになっていたことを。あれのおかげで昨晩は旧宮殿のほうに戻れなかったんですよ」

「ていうか、通行止めになる前に旧宮殿に行けただろう？　どこをどう寄り道をしたら、こういう結果になるんだ」

「それにかんしては、私に責任があるの」

二人の間に割りこむようにして言ったので、背の高い二人の青年は小柄なナクシュデルを見下ろす形になった。

「私が親に会いに行きたいって、急に言いだしたから……」

気まずげに言うと、アブデュルははっとした顔をする。しかしナクシュデルはそこから先を説明することができなかった。口にしたとたん現実がよみがえり、両親が亡くなっていたという事実に胸がつまる。

訝《いぶか》しげな顔をするアブデュルに、リュステムが軽く目配せをする。

　それだけでアブデュルは、大体の事態を察したようだった。彼は神妙《しんみょう》な面持《おもも》ちで唇《くちびる》を結ぶと、小さく嘆息《たんそく》した。三人の間にぎこちない空気が流れる。

「先輩、朝食まだでしょう？　よかったら食べていかれませんか」

　場の空気を変えようとしたのか、やけに明るい声でリュステムが言った。

「わ、私も奥様に朝食を誘《さそ》われていたの」

　釣《つ》られるようにナクシュデルも明るく言う。言うまでもなくアブデュルが飛びこんできたこの時間は、朝食時というあまり礼儀に適《かな》った訪問時間ではなかった。

　しかし一番落ちこんでいるはずのナクシュデルの明るい声に、二人の青年は安堵《あんど》した顔で目配せしあう。

「ちょうどよかった。じゃあ三人で行こうか」

　リュステムの誘いに、ナクシュデルとアブデュルはそろってうなずいた。


　食堂の床には、毛織物《けおりもの》の絨毯が敷かれていた。

　中央部分が砂色で、ふちには煉瓦《れんが》色や茶色のグラデーション模様が織られている。

　壁際《かべぎわ》には厚手のマットレスを組みあわせた脚《あし》のないソファが設置され、精緻な彫刻《ちょうこく》を施した背の低い樫《かし》の木の食卓が置かれている。食卓を挟《はさ》み、ソファにむきあうようにしてクッションを重ね、それぞれに席が作られていた。

ナシム夫人はすでにソファに座っており、銀製の飾りがついたグラスでチャイを口にしていた。食卓の上に並んでいたものは、胡麻《ごま》がたっぷりとついた輪状のパンに数種類のチーズ。ヒヨコ豆のスープと温野菜のサラダ、湯気の立つチャイである。

朝食自体は簡単なものだが、銀製の広い皿の上に山盛りに積まれた新鮮《しんせん》な果物《くだもの》と白磁の食器が、裕福な暮らしぶりを象徴《しょうちょう》している。

「おはようございます」

入り口のところで三人がそろって挨拶《あいさつ》をすると、夫人はチャイグラスから顔をあげた。

「おはよう。まぁ、アブデュル中尉、久しぶりですね」

名を呼ばれたアブデュルは、夫人の前まで進み出て恭《うやうや》しく礼をする。

入り口から壁際のソファまで、ゆうに五馬身《ごばしん》はありそうな広い食堂だった。

「ご無沙汰《ぶさた》しております、ナシム夫人。このような時間にとつぜんお訪ねして申しわけありません」

「いいえ、いまは革命という非常事態ですもの。昨晩夫からも、しばらくはエミュエットから戻れないと連絡がありました。私もこれから夫のところに出向くつもりです。色々と届けなくてはならないものもありますから」

オズトゥルク第二の都市であるエミュエットと首都クランノープは、鉄道で数時間といったところで、いまから出れば夕方には着く距離だ。

ナシム夫人の言葉に、アブデュルは相槌《あいづち》をうつようにうなずいた。

「サドリ将軍は今回の革命における中心人物ですから、しかたがないでしょう。サロニカでのクレボス軍の反乱を抑《おさ》えたことで、将軍はいまやこの国の英雄《えいゆう》ですから」

英雄という単語に、ナクシュデルは大きく瞬《まばた》きをする。

ナシム夫人の夫というのなら、普通に考えてリュステムの父親のことだ。

ひょっとしてリュステムの父親はものすごい立場の人なのではないのだろうか？　それにさらりと言われた〝サロニカの反乱〟〝クレボス軍〟という単語も気になる。

混乱したままナクシュデルは、横に立つリュステムの袖《そで》を引いた。

なんだ？　というようにふりかえった彼に、声をひそめてナクシュデルは尋《たず》ねる。

「サロニカの反乱って、あんたのお父さんがなにかしたの？」

「……………」

しばしの絶句のあと、リュステムは信じがたいという顔で言った。

「なにふざけたことを言っているんだ。一年もたっていないんだぞ。サロニカの返還《へんかん》を求めて、クレボス軍がオズトゥルクに侵攻《しんこう》してきてから」

「え、そんなことがあったの？」

頓狂《とんきょう》な顔をするナクシュデルに、いよいよリュステムは呆《あき》れ果てた顔をする。

ちなみに二人のやり取りは、入り口付近で声をひそめていたこともあり、壁際で会話をするアブデュルとナシム夫人にはっきりとは聞こえていないようだった。二人で世間話でもしていると思われているのだろう。

「本気で言っているのか？」

もはや軽蔑《けいべつ》に近い眼差《まなざ》しをむけられ、ナクシュデルは居たたまれなくなる。そんな心境に追《お》い討《う》ちをかけるかのごとく、冷ややかにリュステムは言った。

「俺は確かに苦労知らずだが、お前よりは世間を知っているぞ」

ナクシュデルは頬《ほお》を膨《ふく》らませたが、本当のことなので反論できなかった。

だって、しかたがないではないか。後宮には世間のことなど、なにひとつ入ってこなかったのだから。

（ていうか、サロニカ返還を求めて反乱を起こしたって、クレボス軍はいつのまにそんな力をつけていたの？）

リュステムの皮肉にへこみながらも、ナクシュデルは素朴《そぼく》な疑問を抱《いだ》く。

結果的に抑えられてしまったとしても、半世紀前にようやく独立した国とは思えない強硬《きょうこう》手段である。ちなみに〈サロニカ〉とは、クレボスとの国境付近にあるオズトゥルクの領土である。クレボス領土だったのは、五百年以上昔のことである。

（それってもしかして、オズトゥルクがそれだけ弱体化していたってこと？）

先代の皇帝達は、諸外国と不利な条約を結びつづけていたとリュステムは言った。そのことが革命のきっかけになったのだと。

では、なぜ不利な条約を結びつづけていたのか？

簡単だ。オズトゥルク帝国は、それだけ弱くなっていたのだ。

「ですがこれから先は、あなた達若い士官こそ、この国の未来を担《にな》う存在として多忙《たぼう》を極めることとなるのでしょうね」

夫人の言葉にナクシュデルは物思いから立ちかえる。

「とんでもない、私などまだ学生の身分にすぎません。この混乱が一息つきましたら、ご子息とともに陸軍大学に戻《もど》って、ふたたび勉学と鍛錬《たんれん》に励《はげ》む所存《しょぞん》です。ですがいまの微《び》力《りょく》でも、国家の繁栄《はんえい》に力添えができるとしたら、武官として本懐《ほんかい》にございます」

背筋を伸ばしての毅然《きぜん》としたアブデュルの口調に、ナシム夫人は目を細めた。

隙《すき》のない洗練《せんれん》された物腰と丁寧《ていねい》な物言いは、絵に描いたように貴公子然《きこうしぜん》としており、後輩であるリュステムに対する雑な態度とは雲泥《うんでい》の差である。

それにしても話を聞くかぎり、彼らはまだ学生のようである。さしずめ幼少期から士官学校で学び、卒業と同時に階級を授《さず》かったエリート軍人の典型というやつだろう。

「なに？　あの、猫を二十匹くらいかぶったような態度は」

呆れ半分につぶやいた言葉に、リュステムは危うく吹きだしかけた。自分に対する態度とのちがいは彼も感じているのだろう。そんな二人の反応などまったく気がついていないのか、アブデュルは芝居《しばい》がかった台詞をよどみなく語りつづける。

「そのうえで貴婦人をお守りすることは男の誉《ほま》れ。ナシム夫人、あなた様のような貴婦人をお守りできるのなら、男子としてこれ以上の栄誉《えいよ》はございません」

後輩の母親に対するものとは思えない情熱的な台詞に、ナクシュデルはますます啞然とする。

少しして気を取りなおすと、隣に立つリュステムにそっと耳打ちをする。

「ひょっとしてアブデュル中尉は、あんたのお母さんに横恋慕《よこれんぼ》でもしているの？」

「別に俺の母親にかぎらず、先輩は基本的に女に対してはいつもあんな感じだ。年齢の下限は問うが上限は問わないと常に豪語《ごうご》している」

まちがって傷《いた》んだ牛乳でも飲んだような顔で、リュステムは語った。

ナクシュデルは呆れ果てた。そういえば後宮で会ったときもやけにそつのない態度だったが、要するに〝たらし〟だったのだ。しかし下限のほうは問うというあたりに、最低限の理性はありそうである。熟女《じゆくじよ》趣味は好みですませられるが、幼女趣味は犯罪《はんざい》につながりかねない。

妙《みよう》なことに感心しつつ、ひとまずナクシュデルが夫人の横に座り、リュステムとアブデュルは絨毯の上のクッションに腰を下ろした。

夫人はナクシュデルの着こなしを上から下まで眺め、にっこりと微笑んだ。

「よろしゅうございました。古臭《ふるくさ》くないかと気にしていたのですが、さすが皇帝の寵姫だったお方ですね。なにを着てもお可愛《かわい》らしい」

屈託のない顔で褒《ほ》められ、ナクシュデルは面映《おもは》ゆくなる。とはいえ後宮で女同士の権謀《けんぼう》や策略を乗りきってきた彼女は、ここでしどろもどろになるほど小心者でも純真でもない。

ナクシュデルは満面の笑みをナシム夫人にむけた。

「私などどれほどのものでございましょう。後宮には花のように美しいご婦人方が咲き誇《ほこ》るほどおいででしたわ。ですがそのお方達と比べてみても、奥様ほど気品と美しさにあふれる方はいませんでした」

アブデュルの美辞麗句《びじれいく》には平然としていたナシム夫人だったが、ナクシュデルの手放しの賞賛には心の準備ができていなかったようで、わずかながらも顔を赤くする。しかし容姿と品位を褒められて嫌《いや》がる女性はいない。はにかみつつも夫人は愛想《あいそ》よく言う。

「そんな、ナクシュデル様のようにお若い方にそのようなことを言われては、どうしてよいのか分からなくなってしまいますわ。私など、あなた様より年上の息子がいるおばあさんですのよ」

「おばあさんなど、とんでもないことです。私は最初、少尉《しょうい》のお姉さまかと思ってしまいました。このように大きなご子息のお母様だとは本当に信じられません」

二人の女性のやり取りに、リュステムもアブデュルもあ然としている。

もしアブデュルが先ほどの〝猫かぶり〟というナクシュデルの台詞を聞いていたのなら、その言葉をそっくり返すと言ったことだろう。

「猫をかぶっているのは、どっちだ」

ぼそりとつぶやいた後輩に、アブデュルが不思議そうな顔をする。

やにわにナクシュデルは、呆れ果てた顔で自分を見るリュステムに目をむけた。目があった瞬間、それこそ花がほころぶような笑みを浮かべてみせる。反撃《はんげき》を予測して身構えていたリュステムは、毒気《どくけ》を抜かれたように肩の力を抜いた。

「ですがこのように凛々《りり》しくてご立派《りっぱ》なお姿を拝見しますと、やはり奥様のご子息だと納《なっ》得《とく》してしまいますわ」

うっとりと、しかもため息まで交えて言われた言葉に、リュステムはこれ以上ないというほど大きく目を見開き、目の前にいるナクシュデルが、まるで自分の知らない未知の生物であるかのような眼差しをむける。

「立派だなんてたいそうなことを。親の目から見れば、まだまだ足りない未熟者《みじゅくもの》です」

「いいえ。革命軍の兵士として現れた少尉のお姿は本当にご立派で、幼い頃絵本で見た軍神さながらでございましたわ」

変態《へんたい》だの、不埒者《ふらちもの》だのとさんざん罵倒《ばとう》した相手を前に、ナクシュデルは白馬に乗った王子様でも見るように青い瞳《ひとみ》をきらきらさせた。危うくチャイを吹きだしそうになったアブデュルの横で、リュステムはひたすら目を丸くしている。

「少尉の的確なご判断で、私は混乱もなく後宮をあとにすることができ、昨晩は野宿をせずにすみました。ご親切をどれほど頼もしく思ったことでしょうか。適切な判断力と、迅《じん》速《そく》な行動、なにより優《すぐ》れた人品。帝国広しといえども、少尉のように素晴らしい殿方《とのがた》はおいでになりません。心の底から感謝いたしております」

両の手を顎《あご》の下あたりで組みあわせ、祈るように遠くを見つめる。

もはや言葉も出ない若い将校二人を前に、ナクシュデルは深々と頭《こうべ》を垂《た》れた。

「そのようなもったいない。どうぞお顔をおあげください」

夫人はナクシュデルにむかって手を差しのべ、彼女の両手を握《にぎ》りしめた。

両手を取られたまま、ナクシュデルは遠慮《えんりょ》がちに顔をあげる。

「あなた様からすれば、本来なら革命軍は憎《にく》まれてもしかたがない存在。それをそのように過分なまでの賞賛をいただいて、本当になんとお礼を言ってよいのやら分かりません」

革命軍は憎まれても、という台詞にリュステムはあからさまに不満げな顔をした。

それはそうだろう。彼からすれば革命は、皇帝をはじめとした旧政権の不徳《ふとく》に端《たん》を発《はっ》した、起こるべくして起きた事態なのだ。その不徳の中にはまちがいなく、後宮制度も含《ふく》まれているはずだ。

そんな息子の反応に気がついているのかいないのか、動じたようすもなく夫人は言う。

「私の息子がそれほどの人物であるとは思いませんが、ナクシュデル様のお役に立てたのでしたら、これ以上の幸福はございません」

励ますというより諭《さと》すように言われた言葉に、ナクシュデルは困惑《こんわく》した顔をする。

夫人がどういったつもりで、先ほどの〝憎まれても〟などという台詞を口にしたのか意《い》図《と》が分からなかった。彼女の夫も息子も革命軍の人間なのに――――。

返事ができないでいるナクシュデルの杯に、夫人は新しいチャイをそそいだ。

ナクシュデルがチャイを受け取ると、ようやく室内は落ち着きを取り戻した。

四人でチャイをすすったあと、誰にともなく夫人が問いかける。

「それで、宮廷のほうはもう落ちついたのですか?」

「あ、それは…………」

「今朝《けさ》、ここにおうかがいする前に寄ってきたのですが、新宮殿の高官達はひとまず自宅待機《たいき》という形で退出《たいしゅつ》させました。後宮の女性達は女官も含めて旧宮殿に移動してもらいましたが、おかげでもともと手狭《てぜま》だった旧宮殿は大変な混雑になっているそうです」

なにか言いかけたリュステムの言葉をさえぎり、アブデュルが答えた。

「旧宮殿は、出迎えや娘を探しにきた家族でごったがえしています。行方不明《ゆくえふめい》や亡くなった者もいて、とうぶん騒動《そうどう》は収まらないのではないかと」

「まあ……」

ナシム夫人は困惑した顔でナクシュデルを見た。

「そんな大変な場所に、ナクシュデル様をお返しして大丈夫かしら？」

「あ、ですが多分幾人《いくにん》かの方達は、ご家族と家に戻られていることかと思います」

急いでナクシュデルは答えたが、自分で口にしたその言葉は思った以上に堪《こた》えた。

家族と家に戻る――うらやましいと思う気持ちがないと言えば嘘《うそ》になる。

もちろん両親が生きていて再会できたところで、かつてのように屈託なくふるまえるとは思えない。それでもこの世に存在しているという現実が、どうしようもないほどナクシュデルにはうらやましい。

「ですからいまは手狭《てぜま》でも、もうしばらくしたら落ちついてくるのではないかと……」

語尾《ごび》を濁《にご》すナクシュデルを、リュステムは渋《しぶ》い表情で一瞥《いちべつ》する。

「そんなお気の毒な。それでしたら騒動が落ちつくまで、ぜひ我が家にご滞在《たいざい》ください」

予想もしない夫人の言葉に、ナクシュデルは虚《きょ》をつかれた顔をする。

「え、あ、あの……」

「そうですわ、ぜひそうなさってくださいませ」

妙案を思いついたと言わんばかりの夫人の反応に、ナクシュデルはあわてる。

いくらなんでも昨日《きのう》会ったばかりの相手に、そこまで甘えられない。

「そ、そんなご迷惑《めいわく》……」

「お母さん、それはちょっとまずいかもしれません」

遠慮がちながらもはっきりと反対の意を示したリュステムに、ナクシュデルはどきりとする。しかし内心ではしかたがないと承知していた。革命軍の人間として、宮廷の負《ふ》の遺《い》産《さん》でもある後宮の人間を嫌うことはとうぜんだ。そのうえ出会ってからいままで、ナクシュデルは徹頭徹尾《てっとうてつび》リュステムに失礼な態度を取りつづけてきたのだから。

しかし、ナシム夫人は軽く抗議《こうぎ》するような眼差しを息子にむける。

「なにがまずいの？」

「革命を指導する立場にあるお父さんのことを考えれば、皇帝の寵姫であった方をお預かりすることは、あまり体裁《ていさい》がよくないかと思います」

リュステムのもっともな意見に、夫人は不服げな面持ちながらも押し黙る。

もちろんナクシュデルは納得していたが、彼に対して負い目があるだけに、やはり自分の行いの悪さが原因なのでは、とも考えてしまう。

「でも、このままではナクシュデル様がお気の毒だわ」

「わ、私なら大丈夫です」

ナクシュデルは声を張りあげた。三人はいっせいにナクシュデルの顔を見る。

不安げな三人の眼差しに、ナクシュデルは虚勢《きょせい》を張って明るく言う。

「多少混雑していても、旧宮殿に行けばなんとかなりますから」

「だから旧宮殿にそんな余裕はないと、いま先輩が言っていただろう」

軽く声を荒《あら》らげたリュステムに、ナクシュデルは一瞬萎縮《いしゅく》してしまう。だがすぐに反発と疑問が生じる。旧宮殿に帰ると言っているのに、なぜリュステムが怒ることがあるのだろう。彼はナクシュデルがこの家に滞在することに反対しているのに。

「じゃあ、どうしたら……」

「では、お父様に相談してみましょう」

ナクシュデルの言葉を受けるようにナシム夫人が言った。

「どのみち今日から行く予定でしたからね。リュステム、留守《るす》を頼みましたよ」

「俺はしばらく、家に戻れるかどうかも分かりませんよ」

かすかだが剣呑《けんのん》なものを含んだ母親の口調に、リュステムは反抗的《はんこうてき》な口調で答える。

とつぜん生じた母子の対立の理由が分からず、しかしきっかけが自分であることは分かっているので、ナクシュデルはおろおろとして二人を見比べる。答えを求めてアブデュルを見るが、うっとりとナシム夫人を見つめるさまに、訊《き》く気がいっきに失せてしまった。まったく頼りになるのかならないのか、よく分からない人間である。

ふて腐れた顔をするリュステムを無視して、ナシム夫人は明快に語りかけてきた。

「そのようなわけで申しわけありませんが、しばらく留守にいたします。家のことは家政婦長に任《まか》せていきますから、困ったことがあったら彼女に相談してくださいね」


それから一時間もしないうちに、リュステムもナシム夫人も出て行ってしまった。

用意された部屋に戻ってから、ナクシュデルはこれからのことを考えた。

なしくずし的に世話になることになってしまったが、昨日会ったばかりの他人の善意がいつまでもつづくと思うほど、ナクシュデルは能天気《のうてんき》ではない。当面の宿が確保されたいまのうちに、これからのことを講《こう》じなくては、そのうち路頭《ろとう》に迷ってしまう。

あんなふうに言いはしたが、従来《じゅうらい》の体制に反発して起きた革命下で、後宮の女達が生活の保証を求めることは難しいだろう。まして旧宮殿内がそれほど混乱しているのなら、なおさらだ。かといって寵姫になれなかったナクシュデルはたいした下賜金《かしきん》ももらっていなかったから、貯えなどほとんどない。

(どうしよう、これから……)

漠然《ばくぜん》としていた思いが、具体的な不安を形づくる。働くといっても、これまで身の回りのことは侍女《じじょ》達がしてくれていた。家事にかんしては人並みにはできるが、それ以上のことはできない。そんな自分が働くといっても、容易《ようい》に働く場所など見つかるだろうか？

(さすがに、身売りだけはしたくないけど……)

最悪のことを考えて気持ちが真っ暗になりかけたが、寸前で踏《ふ》みとどまる。

身売りは大事《おおごと》だが、生命を取られるわけでもなし、と考えると逆に開き直ってしまう。

リュステムは後宮の女達を国民の血税《けつぜい》をしぼりとる存在だと罵倒したが、それなら税金を納めている娼婦《しょうふ》になれば、文句《もんく》を言われる理由はない。むしろ（おそらく）搾取階級《さくしゅかいきゅう》であるリュステムに言いかえすことができるではないか。

（上等じゃない、いざとなったらその道を極めてやるわ）

妙な方向に開き直ったところで叩扉がなされ、ワゴンを押した少女が入ってきた。今朝夫人と一緒に給仕《きゅうじ》にやってきた娘である。

「珈琲《コーヒー》をお持ちしました」

意気ごんでいたところに水をさされ、ナクシュデルは気抜けしたように少女を見る。

からからと車輪の回る音をたてるワゴンには、銀製の盆《ぼん》に載《の》った陶器《とうき》の珈琲碗《わん》と焼き菓子が盛られていた。手のひらに収まりそうな小さな器で、砕《くだ》いた珈琲豆を濾《こ》さずに煮立てて上澄《うわず》みをすする方法は、オズトゥルクに昔から伝わる飲み方である。

「それと奥様に申しつかって、小説を何冊かお持ちしました」

見るとワゴンの下の段には、書物が数冊重ねてある。退屈《たいくつ》を見越してのことだろう。見返りが期待できない親切をふるまえるのは、ナシム夫人が根っからの貴婦人だからだろうが、ナクシュデルは心底恐縮してしまう。

（ここまでしてくれるなんて…………）

そこでふと思う。ナシム夫人の保護を受けられた自分は運がよかったが、同じように後宮から放り出された女達は、いったいどうしているのだろう。

（他のみんなは大丈夫かしら？）

後宮にいた女達の中には、自分のように身内をなくした者もいるはずだ。彼女達はいまどんな思いで、旧宮殿で他の女達が家族と再会するところを見つめているのだろうか。

後宮にいたときはライバルでしかなく、表面上は穏《おだ》やかに接していても腹を割って話したことなどなかった女性達が、なぜか無性《むしょう》に懐《なつ》かしく思えてならなかった。

「どうぞ」

ふいに目の前に珈琲碗を差しだされ、ナクシュデルはわれにかえる。

「あ、ありがとう」

「お菓子は厨房《ちゅうぼう》で先ほど焼きあがりました新作です。よろしければお味見を」

愛想よく少女は言ったが、その物言いの奥にかすかな緊張《きんちょう》と興奮を感じ取り、一瞬首を傾《かし》げたあと、さぐるようにナクシュデルは尋ねた。

「ひょっとして、あなたが作ったの？」

図星だったのか、少女は顔を赤くした。

「はい。料理長さんがこれならお客様にお出ししてもいいとおっしゃったものですから」

お墨付《すみつ》きを主張しながらも緊張を隠せないでいる少女に、ナクシュデルは苦笑しながら焼き菓子を一枚取って口にした。さくりとした食感と、少々強めの甘味が珈琲の苦味とあっている。

「美味《おい》しいわ。これならナシム夫人もお喜びになるわよ」

彼女はぱっと顔を輝かせた。

「本当ですか、よかった。奥様にお出しする前だったので少し不安だったんですけど」

「奥様は、甘いものがお好きなの？」

「ええ、それほどたくさんは召しあがられませんが、お茶の時間にはかならずなにか甘いものをお付けいたします」

少女の発言に、今度はナクシュデルが顔を輝かせた。

「ねえ、お願いがあるの」

「はい？」

「厨房をかしてくれない？　後宮で作っていたお菓子を、奥様に作って差しあげたいの」

ナクシュデルの提案に少女はひどく意外な顔をする。皇帝の寵姫が手ずから菓子を作るなど想像もしていなかったのだろう。

実は菓子作りは後宮の女達の長年の習慣で、たがいに贈《おく》りあうことは付きあいの上での大切な儀礼《ぎれい》だったのだ。もちろん皇太后《こうたいごう》級になればそんな付きあいなど気にする必要はないし、後宮の女達から贈られるよりも、東西南北あらゆる国々の珍しい菓子が贈られてくるだろう。しかしナクシュデルは〝寵姫〟ではなかったのだから、普通に菓子作りにいそしんでいた。

最初は疑うような顔をしていた少女は、ナクシュデルが本気だと悟《さと》るとうなずいた。

「分かりました。料理長さんに聞いてきます。この時間なら厨房はすいていますし、多分大丈夫だと思います」

「お願いね」

拝むようにして言うと、少女は愛想よく微笑んだ。

はじめて使う場所にもかかわらず、きちんと衛生的に整理された厨房の使い心地は抜群《ばつぐん》だった。食材の豊富さに加え、食器や調理器具の品質も完璧《かんぺき》だった。

ナシム夫人の帰宅はもう少しあとということだったが、久しぶりなので試作をしてみたいと言うと、四十半ばの料理長は快く了解してくれた。とはいえ彼の本音は、後宮秘伝の菓子の作り方を伝授《でんじゅ》してもらいたいということだったようだ。

(本当は秘伝というほど、大袈裟《おおげさ》じゃないけどね)

軽い罪悪感《ざいあくかん》に肩をすくめつつ、作りはじめた菓子は『美女の唇』という、とんでもない名称のものだった。からかっているのかという顔をする料理長とメルエムという名の少女をよそに、ナクシュデルはいそいそと菓子を作りはじめた。

温めたバターに小麦粉と塩を入れてペースト状にし、水を加えて煮つめる。一度火から下ろし室温に冷ましたあと、卵を割りいれて練り生地《きじ》を作る。この生地を小分けして、楕《だ》円形《えんけい》に伸ばしてから二つ折りにすると、唇のような形状になる。美女というより家鴨《あひる》か鵞《が》鳥《ちょう》のつぶれた嘴《くちばし》のようではあるが。油をひいた鍋《なべ》でキツネ色になるまで両面を焼き、檸檬《れもん》汁と砂糖で作ったシロップをかけてできあがりである。

「そんなに難しいものじゃないから、かえって恥ずかしいのだけど」

試食用の皿にとりわけながら、面映《おもは》ゆいようにナクシュデルは言った。

配膳《はいぜん》のための皿を置く長い卓で、三人は立ったまま試食をはじめた。

「いえ、いえ。名称《めいしょう》はあれですけど、なかなか美味《びみ》な菓子ではないですか」

苦笑交じりに料理長は言った。名称だけ聞けばどれほどの美麗《びれい》な菓子かと想像するが、実際の見た目はつぶれた嘴だった。

「本当はシロップはもっと甘いのだけど、最初に作ったとき砂糖を節約してしまって、かえってそれが好評だったので、その分量でお出ししているの」

「生地自体は甘味がないから、シロップを変えてみても面白いかもしれませんよ。蜂蜜《はちみつ》とかショコラとか」

味わうというより、分析するような顔で料理長は言う。本職の的確な意見にナクシュデルは素直にうなずき、彼の城ともいうべき厨房を見わたして言った。

「立派な厨房ですね。きっと手のこんだお料理を作られるのでしょうね」

「そりゃあ、天下のサドリ・ファイク様のお邸《やしき》ですからね。いまでこそエミュエットのほうに移っておられますが、お館様がご在宅のときは、この邸には世界中の名士達がお集まりになっていましたよ」

得意げに言われた料理長の言葉にナクシュデルは驚く。

「あの、リュステム少尉のお父様って、どういった方なのですか？」

おそるおそるの問いに、料理長は少々鼻白《はなじろ》んだ顔をする。得意げに語ったあたりから、ナクシュデルがとっくに知っているものと思っていたのだろう。

もちろんリュステムの父が資産家であることと、革命の中心的な人物であることは昨晩から色々と耳にしてナクシュデルも分かっていた。

「国防軍の将校だということはお聞きしておりますが……」

「この家の方々は、代々政府高官や軍部の要職《ようしょく》を務められています。特に先代のアリフ様は、もともと政府の高官だったお方ですが、中途退官後に貿易会社を経営されるようになられ、国内でも指折りの資産と発言力をお持ちでした」

「そ、そんなすごいおうちなのですか？」

声を上擦《うわず》らせるナクシュデルに、料理長とメルエムはさもとうぜんという顔でうなずく。ナクシュデルはこくりと息を呑んだ。確かにそんな家の子息であるのなら、コメの心配も苦労もしたことがないはずである。

そのうえ父親は国民的英雄で、革命軍の中心人物というのだから、リュステムはまさしく次世代の旗手とでもいう存在なのだろう。旧世代の遺物《いぶつ》である後宮の人間である自分とは対極にいるような人間だ。考えているうちになんだか惨《みじ》めになってきて、ナクシュデルはフォークを持ったまま塞《ふさ》ぎこんだ。

「いかがなさい……」

「料理長、いるか？」

開けはなたれたままの厨房の扉から入ってきたのはリュステムだった。ナクシュデルはびくんと肩を揺らし、危うくフォークを取り落としそうになった。ひとつ息をつき、気持ちを落ちつけてからふりむくと、リュステムのほうもよりによって厨房に客がいることに驚いたのか、ナクシュデルの姿に軽く目を瞬《またた》かせた。金釦の軍服を着ているところから、仕事の途中で立ち寄ったものと思われる。

そんなリュステムの背後に、もう一人青年がいることに気がついた。

「若様、そちらは？」

料理長の問いに、青年は一歩前に進み出た。それまでリュステムの陰《かげ》に隠れていた青年の美貌に、ナクシュデルは軽く目を見開く。

驚くほど背の高い青年は、二十代半ばくらいだろうか。

白金《はっきん》の髪に曇《くも》り空のような灰色の瞳をしていた。同じ金髪でもナクシュデルのような黄金色《こがねいろ》ではなく、むしろ銀に近い。陽光まばゆいクランノープの街にあまり似つかわしくない容貌《ようぼう》は、おそらく北か西の人間のものであると思われる。彫刻のように均整《きんせい》の取れた体躯《たいく》を包む衣装はフランネルのフロックコートは、あきらかに西洋の装いだった。

「ああ、クレボスの領事をなさっている、イヴリン・バートランド卿《きょう》だ」

どうしてそんな人間を厨房などに連れてきているんだ、という疑問より、クレボスという国名にナクシュデルは首を傾げた。イヴリンの見た目もだが、名前があきらかにクレボス名ではなかった。むしろオーランド合衆国やベレンギ王国などに近い発音である。

訝しげな顔をするナクシュデルに、イヴリンは貴公子然とした優雅《ゆうが》な微笑《びしょう》をむける。

「お初にお目にかかります、ご婦人」

「あ、はじめまして。ナクシュデルと申します」

ぎこちなく挨拶を返すと、イヴリンは軽く首を傾げる。

「ちがっていたら申しわけありません。クレボスの方ですか？」

「え、ええ。生まれも育ちもクランノープですが」

クレボス人と言い当てられたことに、ナクシュデルはさして驚かなかった。

金髪碧眼《きんぱつへきがん》という容姿《ようし》に加え、クレボス領事というイヴリンの背景を考えれば、彼がナクシュデルの出生に気がついても不思議ではない。

「そうですか、それは偶然ですね」

イヴリンは親しみに満ちた口調で言ったあと、そのままリュステムのほうに顔をむけ、今度は申しわけなさそうに頭を下げた。

「すみません、ナシム夫人にご挨拶をと思ったのですが、まさかご不在とは………」

「いいえ、こちらこそ無駄足《むだあし》を踏ませて申しわけありません。あいにく母は今朝から、エミュエットの父のもとに行ってしまいました。急用でしたら電報をうちましょうか？」

「いえ、ご挨拶にうかがっただけですから。また次の機会におうかがいしますよ」

二人のやり取りを聞いていたメルエムが、隙を見るようにして尋ねた。

「あの、お茶かなにかを？」

「お嬢さん、どうぞお気遣《きづか》いなく。私はすぐにお暇《いとま》しますよ」

そつなく応じたイヴリンを一瞥すると、思いだしたようにリュステムは尋ねた。

「ところで、どうして彼女がここに？」

「ああ、ナクシュデルさんが、後宮秘伝の菓子を教えてくださって」

上機嫌《じょうきげん》で料理長は答えた。ただのありふれた焼き菓子が、すっかり〝秘伝〟ということにされているが、ナクシュデルには訂正《ていせい》する気力がなくなっていた。

「残念でしたね、もう少し早くおいでになられていたら、召しあがれましたのに」

屈託ないメルエムの言葉に、ナクシュデルは複雑な気持ちになる。リュステムに歓迎《かんげい》されていないことはあきらかなのだ。そんな相手に対して手製の菓子をふるまうなど、媚《こび》を売っているようで嫌だ。リュステムのほうだって、敬遠《けいえん》している相手に手料理を出されても反応に困るだろう。

「後宮秘伝？」

あんのじょうイヴリンが訝しげにつぶやいたが、リュステムは彼の疑問もメルエムの言葉もさらりと流して料理長に話しかけた。

「悪いが、簡単なものでいいから、昼食を七人分用意してくれないか？」

七人分とはずいぶんな量であるが、慣れているのか料理長に動じたようすはない。

「人数が多いですから、ピラフにでもしましょうか？　昨晩の残りの羊肉《ラム》もありますし、ちょうどいいでしょう」

「すまないな。交通網が混乱して、兵達の食事もままならないんだ」

「男七人じゃ、すごい量になりそうですね」

言いながらも料理長はやる気満々である。繊細《せんさい》な宮廷菓子から軍人の賄《まかな》いまでなんでもござれというのだから、まさに職人という名にふさわしい。とはいえ七人分のピラフ作りなど、コメを洗うだけでも大変そうだ。

「わ、私、手伝います」

フォークをつかんだまま身を乗りだすナクシュデルに、胡散臭《うさんくさ》げにリュステムが尋ねた。

「お前、賄いなんかしたことがあるのか？」

あからさまに疑うような口調に、ナクシュデルはむっとして反撃する。

「お菓子しか作ったことはないけど、包丁やかまどは使えるわよ。少なくともあんたより役に立つ自信はあるわ」

ああ言えばこう言う、といった具合の反論に、脇《わき》にいたイヴリンがぷっと吹きだした。

「し、失礼」

笑いを抑えながらの謝罪に、ナクシュデルもリュステムも気抜けした顔で見つめあう。まあリュステムの環境や背景を考えれば、台所仕事をしたことがあるほうが不思議である。気を取りなおしたのかリュステムは、料理長にむかい「じゃあ、頼む」と言って、イヴリンを連れて出て行った。

それから兵達が来るまでの一時間ほどの間、ナクシュデルとメルエムは栗鼠《りす》のようにくるくると動き回った。七年間寵姫候補として侍女付きの生活をおくっていたナクシュデルはとうぜんピラフの作りかたなど知らなかったが、料理長の指示に従って動くことができた。

炊《た》き上がったピラフと鶏《とり》からのスープを、料理長が給仕のために運んでいった。男性の客に対しては、基本的に男性が給仕をするのがオズトゥルクの習慣である。

一息ついたナクシュデルとメルエムは、厨房でむかいあって珈琲を飲んでいた。

「ピラフって、あんなふうにして作るのね。知らなかったわ」

珈琲碗を抱《かか》えながらしみじみとつぶやくと、メルエムは小首を傾げつつ言った。

「でもナクシュデルさん、お料理が上手《じょうず》なんですね。ちょっと意外でした」

「料理じゃないわ。お菓子を作っていただけで、食事になるようなものはなにひとつ作れないもの」

苦笑交じりに言うと、メルエムは大袈裟に首を横に振ってみせた。

「でも、あれだけ包丁が使えるのなら、すぐにできるようになりますよ」

「だといいけど……、後宮を出たからには、せめて自分の食事ぐらいは作れるようにならないとね」

なにげなく口にした言葉だったが、ナクシュデルははっと思いつく。

（そうか。仕事はなにをするにしても、最低の生活能力ぐらいは身につけなくっちゃ）

いざとなったら娼婦になってやる、と妙な方向に開き直りはしたが、身の回りのことぐらいできるようにならなければ、別の意味で生活ができない。

ナクシュデルはメルエムのほうに身を乗りだした。

「ねえ、私に料理を教えてくれない？　パンとかブレクとか簡単なものでいいの。どのみちそんなに長居できるわけじゃないから」

ちなみにブレクとは、小麦粉の生地にチーズや肉、野菜などの餡《あん》を包んで、焼いたり揚《あ》げたりした食べ物である。手軽に食べられるので、一人分の食事には最適だ。

ナクシュデルのとつぜんの申しこみにメルエムは目を丸くする。とはいえ彼女は、後宮を追い出されたというナクシュデルの境遇《きょうぐう》を理解していたので、その意図を察《さっ》したのだろう。ふいをつかれたような顔はしたが、ひどく驚いたようすは見せなかった。

短い思案《しあん》のあと、メルエムは思いきったように顔をあげた。

「分かりました。その代わりといってはなんですが、お願いがあるのですが……」

「お願い？」

一瞬《いっしゅん》身構えたナクシュデルに、メルエムは大きくうなずいた。

「家族からの手紙を読んで、そして返事を書いて欲しいのです」

思いもかけない願いにナクシュデルは目をぱちくりさせる。確かに読み書きができない人間は珍しくない、というよりできる人間のほうが珍しい。だから代筆業などという仕事があるわけだが。ナシム夫人から本を預かったことで、ナクシュデルは読み書きができるのだとメルエムは悟ったのだろう。

「それはもちろんかまわないけど、あなたのご家族は文字を読めるの？」

「いいえ。ですが、送ればむこうで誰かに読んでもらえますから。むこうも私が読んでもらうことを前提《ぜんてい》に、頼んで手紙を書いてもらっているんです」

つまり、たがいに代筆屋に依頼して手紙のやり取りをしているということだ。

それ自体はよくある話だろうが、送料も含めて金銭的なことを考えれば、メルエムにはけっこうな負担《ふたん》だろうに。

「それなら、字を教えてあげようか？」

深く考えることもなく、さらりと口をついた言葉にメルエムは目を丸くする。とんでもなく筋違《すじちが》いの話でも聞いたかのように、彼女は顔の前で大きく手を振ってみせた。

「そ、そんな高尚《こうしょう》な真似《まね》が、あたしにできるはずがないですよ」

「そんなことないわよ。難しい文法とかになると大変だけど、近況を知らせる手紙ぐらいなら、本当なら子供だって書けるものなのよ」

信じられないという顔をするメルエムに、ナクシュデルはゆっくりと諭した。

「もちろん一日やそこらでは無理よ。だけど半月からひと月ぐらいあれば、簡単な読み書きはできるようになるんじゃないかしら。あ、あとそれだけあれば、私もパンやブレグを作れるようになるわよね」

あとの言葉を茶目っ気たっぷりに言うと、メルエムは一拍《いっぱく》おいてから釣られたようにくすっと笑う。ナクシュデルは一度言葉を切ると、今度は遠慮がちに言った。

「それにそれぐらいの期間だったら、ナシム夫人はお優しい方だから、私も滞在をお願いできると思うの」

夫であるリュステムの父に相談するとは言ってくれたが、赤の他人の好意にずっと甘えつづけるわけにはいかないし、そうしてもらえるとも思っていない。

もともと明日のコメさえままならない、貧困《ひんこん》家庭で育った人間だ。働くことはもちろん厭《いと》わない。だがいまの自分になにができるか分からないところが辛《つら》い。そんな状況でいきなり放りだされて、路頭に迷うことは目に見えている。ならば夫人の好意がつづいている間は甘えさせてもらって、その間に次の手段を講じよう。

むしのよい話だと思いつつ、ナクシュデルは先のことをそう算段していたのだ。

「本当に、あたしなんかに字が書けるようになるのかしら」

なおも信じがたいように言うメルエムに、ナクシュデルは力強く言う。

「大丈夫よ、私だって最初はそう思っていたわ。文字なんて世界のちがう人が使うものだって。でも習ってみたら、そんな特別なものではなかったの。よほど特殊《とくしゅ》なことでもないかぎり、他人《ひと》ができることは自分もできると思いなさい」

だから私だって働ける、後宮を出たって一人で生きていける。

そんなふうに思うと少し勇気がわいてきて、ナクシュデルは立ちあがった。

「さあ、料理長が戻ってくる前に後片付けをしてしまいましょう」

さっそくその夜、ナクシュデルはメルエムに文字を教えた。

場所はナクシュデルの部屋で、時間にして一時間ほどだったが、たがいに物珍しさもあってあっという間に過ぎていった。

メルエムが帰ったあと、ナクシュデルは彼女が書き散らかした帳面を眺めつつ考えた。

二十八ある表音文字はすぐに覚えることができるだろう。だが圧倒的《あっとうてき》に時間がないことを考えれば、次の段階に手際よく進むために、教本のようなものが作れないだろうか？

「どんなものがいいかしら？」

ソファにもたれつつ独りごちたとき、扉を叩《たた》く音がした。時計を見ると十一時を回っている。こんな時間に誰がと思っていると、リュステムの声がした。

「俺だ、まだ起きているか？」

時間帯もあってか遠慮がちな声である。扉を開けると、リュステムは安心した顔をする。扉の隙間から明かりが漏《も》れているから、起きていることは分かっていたのだろうが。

彼は軍服ではなく、足首まである前開きの長衣に布帯を締《し》め、同じ丈《たけ》の上着を羽織っていた。オズトゥルクの民族衣装の一種で、生地や柄からしておそらく部屋着だろうが、小麦色の肌《はだ》に艶《つや》のある黒髪と瞳のリュステムにはやたらと似合っている。

「あれ、いつ戻っていたの？」

内心どきどきしつつも、平静を装いナクシュデルは尋ねた。

仲間達と昼食をとってから、リュステムはすぐに出かけたので厨房で別れてから、顔をあわせていなかったのだ。

「三十分ほど前だ。着替えていたから余計遅《おそ》くなって、悪かった」

「いいけど別に。起きていたから」

殊勝《しゅしょう》に謝られてかえって調子が狂《くる》う。そこでふと立ち話もなんだと気がつき、扉をさらに開いて言う。

「散らかっているけど、中に入る？」

なにげない誘いにリュステムは顔をしかめた。

「お前、ある意味箱入りだからしかたがないが、こんな時間に男を部屋に入れるもんじゃないぞ」

思いもかけないことを言われ、ナクシュデルはあんぐりと口を開く。

ややもって、ふて腐れたように彼女は言った。

「だって、ここはあんたの家じゃない。それにアブデュル中尉が言っていたし、裸の女と地下牢に閉じこめても大丈夫な男だって」

「………お前、それを本気にしているわけ？」

「え、ちがうの？」

素《す》で疑問に思って問うと、リュステムはなんとも言えない顔をする。

「やだ。ひょっとして、私が変質者とか言ったことを気にしているの？　ごめんなさい、あれは言葉のあやよ。本当に信じているから、安全な人だって」

熱心に訴《うった》えるナクシュデルに、リュステムはみるみる不機嫌になる。

え？　という顔をするナクシュデルに、今度は度《ど》し難《がた》いといわんばかりにリュステムはひとつ息をついた。

「？」

「まあ、いい。昼間はありがとう。料理長も助かったと礼を言っていた」

「え、お世話になっているんだから、あれぐらいあたり前よ」

その言葉にリュステムは一瞬押し黙った。

「お前、俺達のことを恨《うら》んでいないのか？」

単刀直入《たんとうちょくにゅう》な言葉は、これまでの語りとはあきらかに声音《こわね》がちがっていた。

ナクシュデルは息をつめ、まじまじとリュステムを見上げた。廊下に取りつけられたアルガンランプの橙《だいだい》色の明かりが、リュステムの小麦色の肌を黄金色に照らしだした。

ナクシュデルは肩の力を抜きながら、つめていた息をゆっくりと吐《は》いた。

「あんたは、私達のことを恨んでいるから、革命を起こしたの？」

「……」

「ちがうでしょう？　あんたが言ったのよね。代々の皇帝達が外国と不利な条約を結びつづけていたから、そのつけが国民の負担となっていったんだって。私は外国との関係がどうとか、母国が侮《あなど》られているとかそんなことはどうでもいいけど、明日のコメを心配する生活は嫌だし、自分と同じような人が増えてゆくのはもっと嫌よ」

後宮に入ったことで、少なくとも飢《う》えや寒さの心配をすることだけはなくなった。

だがそうなったのは自分一人で、結局両親は貧しさから病院にも行けずに亡くなった。

自分一人が貧しさから抜け出したところで、世の中はなにひとつ変わってないし、飢える人も寒さに震える人も大勢《おおぜい》いる。

後宮にいる間、かつての自分と同じ立場にある人達への思いを忘れていた。

だからいまになってその思いが、かすかな罪悪感となって胸を締めつける。

「そういう人達をなくすために、あんた達は革命を起こしたんでしょう？　もしそうじゃないっていうのなら、許さない。一生恨んでやるから」

やや強い口調で告げた言葉を、リュステムは身じろぎひとつせずに聞いていた。

やがて彼は静かな口調で言った。

「そうだ。俺達はこの国の現状を看過《かんか》することができなかった」

「どうして？　国がどうなろうと、少なくともあんた自身は、飢えることも震えることもないのに」

言葉自体は皮肉と取られてもしかたがないものだったが、ナクシュデルの口調はあまりにも素朴だった。だからリュステムは怒《おこ》ったようすも見せず、ただ静かに答えた。

「俺が恵まれた家庭に生まれたのは、俺の実力でも才覚でもないからだ」

想像もしなかった言葉にナクシュデルは目を見開く。てっきり、疲弊《ひへい》してゆく国を見過ごせなかった、などの憂国《ゆうこく》の志士めいた発言が出ると思っていた。

「今朝お前の保護の件で、母が不機嫌になったことに気がついていたか？」

おもむろにされた問いに、ナクシュデルはうなずく。ナクシュデルの保護に難色を示したリュステムに、ナシム夫人はやや不機嫌な態度を示していた。この家の立場や状況を考えれば、リュステムの意見のほうこそ筋が通っているだろうに。

「人は場合によって生き方は選べるけれど、生まれはどうにもならない。単なる幸運で得たものを、あたかも自分の努力や実力で得たかのようにふるまうことは、とても傲慢《ごうまん》なことだと彼女は常々言っている」

常々言っているということは、幼い頃から聞かされていたのだろう。心に刻まれた言葉をまるで暗唱《あんしょう》でもするように、よどみなくリュステムは語った。

「彼女はとても恵まれた家庭に生まれ、それゆえに恵まれた家に嫁いできた。だからこそ自分の環境が、なにひとつ自分の実力で得たものではないと承知しているんだ。同じようにたまたま時流に乗った側に立ったからといって、正義を振りかざし、そうではない者への斟酌《しんしゃく》に欠けていた俺の言動に腹を立てていたんだよ、母は」

切々と語られた言葉は、ナクシュデルの胸に染み入った。

たまたま時流に乗ったと卑下《ひげ》した言い方はしたが、リュステムがなんらかの信念を持って革命軍に参加していることはあきらかだ。その信念とは別に、相対《あいたい》する組織や個々の思いを考えるように、ナシム夫人は自分の息子に求めたのだ。

恵まれた立場、敵対する革命軍の人間。そんなものに反発がないとは言えない。だが少なくともリュステムが、追われた者の立場を慮《おもんぱか》ろうとしてくれていることは伝わってくる。若さゆえの正義感で、つい突っ走ってしまう部分はあるけれど、人はそれぞれに事情があって生きているのだと、ナクシュデルははじめてリュステムの立場を考えることができたのだった。

「分かったわ」

もろもろのものに対してその言葉を言うと、ナクシュデルは顔をあげた。

不思議そうに自分を見るリュステムに、自然と表情が柔らかくなる。

後宮で寵姫の座について、左団扇《ひだりうちわ》で暮らすという計画は露《つゆ》と消えたけれど、ひょっとしたらもっと素朴な幸せをつかめるかもしれない。彼のような人間が次世代の旗手として、新しい世の中をつくってくれるのなら、少なくとも娘を奴隷として売り飛ばさざるをえない、そんなどうしようもない貧困だけはなくなるかもしれない。

ナクシュデルはぱっと笑顔を浮かべ、まるで励ますような口調で言った。

「あんたは私の人生計画をぱぁにしたんだから、その責任は取ってよね」

てっきり笑ってくれるかと思っていたのに、リュステムの反応は微妙《びみょう》だった。

彼は真っ赤になって、ナクシュデルを見下ろしている。

（え、どうして？）

首を傾げたあと、自分の発言を検証してこちらも赤くなった。

責任を取れなどと、まるで〝結婚してくれ〟と言っているようなものではないか。

「ち、ちがう。そういう意味じゃなくて、革命を成功させて世の中を……」

「あ、ああ。そ、そういう意味か」

しどろもどろに言うと、リュステムもあわてたようにうなずいた。

たがいに照れ笑いを浮かべたあと、すぐに笑いが途絶《とだ》えてぎこちない沈黙《ちんもく》が訪れた。

「じ、じゃあ、明日も早いから」

気まずげに言ったときには、リュステムはすでに踵《きびす》を返していた。

ナクシュデルはうなずき、自分も一歩後退した。

「うん、おやすみなさい」

「おやすみ」

ナクシュデルが言い終わらないうちに、リュステムは長衣の裾《すそ》をひるがえし、逃げるように立ち去っていった。

それから三日後、ナクシュデルはメルエムと一緒に市に買い物に出かけた。料理を学ぶのならまず品物の購入から、という料理長の提案を受けてのことだ。

荷物が多くなるからと、家政婦長が馬車を出してくれたが、ナクシュデルに対する気遣いであることは言うまでもなかった。

とはいえ荷物が多くなるというのは、本当のところだった。

家主であるサドリ将軍もナシム夫人も不在だし、リュステムは軍部につめっきりだから、手のこんだ料理は作らない。それなのにどうしてそれほどの食材が必要なのかといえば、リュステムがときどき仲間を連れて食事に戻ってくるからである。もちろん時間をかけて食べられるほど悠長《ゆうちょう》な状況ではないので、出すものはピラフにブレグ、サンドイッチなどの簡単なものばかりだった。それでも若い男性の集団に出す食事の量は、半端《はんぱ》なものではなかった。

「でもブレグやサンドイッチって、大人数分だとかえって面倒《めんどう》くさいわよね」

苦笑交じりにナクシュデルが言うと、メルエムはしみじみとうなずいた。

「ブレグは一度に作ってしまえば、それほどでもないんですけど、確かにサンドイッチは面倒くさいですね」

「一人分だと、あれが一番楽だけどね」

焼鯖《やきさば》や羊肉《ラム》にトマトなどの野菜を挟んだサンドイッチは手軽で美味だが、大量になるとちょっと面倒くさい。一見手がかかりそうなピラフのほうがよほど楽である。

市の入り口に馬車を停め、ナクシュデルとメルエムは並んで歩いた。

通行止めがあちこちで起こって物資の流通が滞《とどこお》っていると聞いていたが、市場は十分活気づいていた。なにより革命の成立を祝う喝采《かっさい》が、いたるところから聞こえていた。商人や買い物客は、口を開けば革命の話をしている。

「エミュエットの国民議会は、サドリ将軍《しょうぐん》を最高指導者に任命したそうだぞ」

「いよいよオズトゥルク共和国、初代大統領《だいとうりょう》誕生か」

「諸外国におくれをとっていたが、この国もいよいよ民主国家になるんだな」

リュステムの父親に与えられた〝初代大統領〟という想像以上の肩書きに、ナクシュデルはたじろいだ。

この革命が今後どのように動くのかは分からないが、皇帝の国外逃亡《とうぼう》でひとまず流血の事態は避《さ》けられた。それだけでも第一段階は成功といっていいだろう。

皇帝の逃亡を喜ぶ国民に複雑な思いはあるが、リュステムの言葉を聞いたあとでは、しかたがなかったことだと納得できる部分もあった。とはいえ後宮での七年間を、無駄に浪《ろう》費《ひ》した月日だと言われることは、やはり辛いものがある。

（みんなそれなりに信念もあったし、なにより勝ち残るために必死だったから……）

そこでナクシュデルは落ちこみそうになる気持ちを切りかえ、楽しいことを考えようと努めた。

（そういえば後宮にいたときも、お忍《しの》びで買い物にきたなあ）

頻繁《ひんぱん》には許されなかったし、宦官《かんがん》の厳重な監視《かんし》付きではあったが、今世紀に入ってから後宮の女達にも外出が許されるようになっていた。あのときは後宮の女の慣習《かんしゅう》に従《したが》い、厚手のヴェールをかぶっていたが、いまは髪を包むだけの気軽な装《よそお》いだ。

ちなみに世間の女達は、たとえそれがオズトゥルクの女でも、もはや顔を隠して歩いていないことを、革命後にナクシュデルは知った。クレボス人をはじめとした外国人の女達は、最初からそんなものは着用していない。ついでに言うのなら、あのときは織物や貴金属、香料などを見て回っていたが、いまは食料品売り場を見て回っている。

「ええと、まず必要なものは」

「はい、書いてきたわよ」

ナクシュデルは懐《ふところ》から折りたたんだ紙片を取り出した。受け取ったメルエムは少し緊張した顔をしたが、すぐに落ちつきを取り戻して品名を読みあげた。

「ええっと、小麦粉にトマトに茄子《なす》に、羊肉《ラム》にヒヨコ豆……」

「はい、正解。すごいわね、まだ三日目なのに。呑みこみが早いわ」

褒《ほ》められてメルエムはぽっと頬を紅潮《こうちょう》させる。そんな反応にナクシュデルは思う。

教育を受ける機会さえあれば、必要最低限の読み書きなどたいていの人ができるようになるものなのに、貧困がそれを許さない。

自分に教養を与えてくれたのは後宮であって、家庭ではなかった。

確かに民主政治の立場からすれば、たった一人の君主のために無数の女が集められる後宮は非人道的行為《ひじんどうてきこうい》も甚《はなは》だしいものだろう。それでも強がりではなく、ナクシュデルは素直に思う。後宮の女達はみなたくましく戦っていた。涙は流しても、泣きくれてなどいなかった。泣く暇《ひま》があったら肌を磨くほうが建設的だからだ。

「あ」

とつぜんメルエムが声をあげ、ナクシュデルはわれにかえる。

「どうしたの？」

「あの娘《こ》、通りのパン屋で働いている子だわ」

そんなふうに言われても、世話になってから数日しかたっておらず、外出など今日がはじめてだったナクシュデルにはどこのパン屋かも分からなかった。

メルエムが指差した先の露店《ろてん》では、奥のほうからなにやら怒鳴《どな》り声が聞こえ、店先で十歳くらいの娘が途方にくれたようにうなだれていた。穏やかならぬ光景に、ナクシュデルとメルエムは店先に近づく。

「しつこいな、何度も計算してみせただろう。どこもまちがっていなかっただろうが」

「で、でも親方はきっちりとお金をくれたんです。あたしが計算できないから、まちがえないようにって」

「だけどお前が渡した金じゃ、これだけしか胡麻は渡せねえよ。前の店でつり銭をごまかされたんじゃねえのか？　いくら返してもらったのか言ってみろよ」

喧嘩腰《けんかごし》の店主の口ぶりに、少女は臆《おく》したように黙りこんだ。前の店でつり銭をごまかされたのか、あるいはこの店の店主がごまかしているのか、もしくは少女がまちがえているのか。

「ちょっと待っていて」

え、と声をあげるメルエムをおいて、ナクシュデルは少しずつできはじめた人だかりをかいくぐって、少女と店主の間に立った。

「その計算した紙を見せてみて」

とつぜんの華やかな美少女の登場に、当事者の二人はもちろん、野次馬《やじうま》達もいっせいに注目する。みなが目を奪《うば》われる中で、いち早く店主が勢いを取り戻した。

「な、なんだよ、お前は！」

脅《おど》しでもかけるつもりなのか、身を乗りだすようにして言う。実はけっこうむっとしたが、そこをぐっとこらえてナクシュデルは周りにいた野次馬達のほうをむいた。

「水掛け論をしているときは、第三者が仲裁《ちゅうさい》に入るのが最善《さいぜん》ですわ。ねぇ、皆さんもそうお思いになるでしょう？」

金色の髪に青い瞳の美少女に微笑みかけられ、野次馬達はしばしたじろぐ。だがそのうちの一人が顔を赤くして大きくうなずくと、他の男達はいっせいに声をあげはじめた。

「おい、娘さんの言うとおりだぞ」

「お前も疑われたままじゃ、後味が悪いだろう」

「ここはさっさと潔白《けっぱく》を証明しろや」

周りからやんややんやと責め立てられ、店主はにわかにうろたえはじめた。

「分かったよ、面倒くせぇな！　胡麻ぐらい持っていけ」

やけくそのように叫ぶと、店主は袋づめした胡麻を少女に押しつけた。

「ちょっと、それですませる気なの！」

いつのまにか追いかけてきたメルエムが声をあげたが、店主はさっさとその場から逃げだしてしまった。

「ほぼ、クロだわね」

ナクシュデルがつぶやいたとき、胡麻の袋を持ったまま少女が頭を下げた。

「ありがとうございます。助かりました」

「いいけど、おつりはきちんと確認しないと駄目よ」

諭すように言うと、少女は居心地が悪そうに肩をすくめた。

「で、でも、あたし計算ができないから……」

ナクシュデルは押し黙った。計算ができないということは、前の店でもらったつり銭をそのまま渡してしまったのだろう。無言でいるナクシュデルをどう思ったのか、少女はしどろもどろの口調で言う。

「本当にありがとうございました。今度失敗したらクビになるところでした。あたしみたいに、読み書きも計算もできない人間を雇《やと》ってくれるところなんか他にないし……」

羞恥《しゅうち》のためなのかうっすらと顔を赤くする少女に、責《せ》めたわけでもないのにナクシュデルは罪悪感を抱いてしまった。

（この娘、七年前の私だわ……）

読み書きも計算もできなかった。両親も同じだったから、おそらくいまの少女のように騙《だま》されたことが何度もあったのだろう。口汚《くちぎたな》く罵《ののし》りあっていたことが多すぎて、誰のことを言っていたのか、なにを言っていたのかもはや覚えてもいないけれど——。

すごすごと立ち去る少女を見送りながらそんなことを考えていると、メルエムが遠慮がちに袖を引いた。

「ナクシュデルさん、行きましょう。昼食に間にあいませんよ」

「メルエム………」

きょとんとするメルエムの顔をのぞきこむようにして、ナクシュデルは言った。

「相談があるのだけど」


その晩、三日ぶりにリュステムが自宅に戻ってきた。

もちろん食事をとりに立ち寄ってはいたようだが、すぐに軍部に戻ってしまっていたので、顔をあわせることがなかったのだ。

ナクシュデルが居間に入ると、ソファにもたれたままリュステムは転寝《うたたね》をしていた。

足音を忍ばせて近づき、立ったまま寝顔を見下ろした。伝統的な熱気浴《ねっきよく》の風呂を使う気力がないと、シャワーを使ったばかりのリュステムの黒髪はしっとりと濡《ぬ》れていた。着ているものは綿布《めんぷ》の寝間着《ねまき》で、その上からウールのガウンを羽織っている。耳をすませると、静かな寝息が聞こえてくる。

（疲れているんだろうな………）

起こしたら悪いな、という思いと、今日を逃《のが》したら今度はいつ会えるか分からないという危機感《ききかん》がせめぎあう。考えあぐねたナクシュデルは、音をたてないようにしてソファの端に座った。それでもリュステムが目を開ける気配はない。伏《ふ》せた瞼《まぶた》にかかる睫《まつげ》は、男にしておくのはもったいないほど長くて濃《こ》かった。少年の名残《なごり》を持つ、繊細で凜《りん》とした面持ちは最初に会ったときと変わらない。

気がつかないうちにナクシュデルは、リュステムの寝顔に見入っていた。

そうやって眺めているうちに不思議と心が満たされてゆき、目的を果たすことへの執《しゅう》着《ちゃく》が薄れていく。

（やっぱり、起こすのは可哀想《かわいそう》だわ）

明日の朝、手短に伝えるか、もしくはそろそろナシム夫人が戻ってくるだろうから、彼女に相談するという手もある。自分でも驚くほど潔《いさぎよ》く未練を断ち切ると、ナクシュデルは立ちあがりかけた。その矢先、固く閉ざされていたリュステムの瞼がぱちりと開いた。

（え？）

とうぜん彼を見下ろしていたナクシュデルと視線があうわけで、二人はなにが起こったのか分からないような顔で、たがいの顔を見つめあった。

大きく瞬きをしたあと、こちらを見上げたままリュステムが問う。

「な、なんだ？」

「……た、頼みがあるの」

とっさに口をついた言葉が、本来の目的だったことに自分でも感心した。

ぎこちなさは残るが、いつもの勢いを取り戻したナクシュデルに、リュステムは安堵とも興《きょう》ざめともつかぬ顔で、ゆっくりと上半身を起こした。

「頼み？」

まだ眠気《ねむけ》が残っているのだろう。前髪をかきあげる仕草や声は少し気だるげだった。それが妙に色っぽく感じて、どきりとする。まともに彼の顔を見ることができず急いで目をそらそうとしたが、先手をうつようにリュステムがこちらの顔をのぞきこんできた。両手をソファの上について、上半身を倒すようにして彼は尋ねる。

「どうしたんだ、お前？　顔が赤いぞ」

血液がお湯になったかと思うほど、全身が熱くなった。

「ラ、ランプの具合じゃないの？」

焦《あせ》りから突き放すような口調になったが、いつものことなのでリュステムはさして不審《ふしん》に思わなかったようだ。彼は釈然《しゃくぜん》としない顔で「そうか？」と短くつぶやくと、両手をソファからぱっと離した。

「それで、頼みって？」

ナクシュデルは短く息をつめ、言った。

「へ、部屋をかして欲しいの」

「は？」

「いま寝泊りさせてもらっている客間じゃなくて、その、裏口にある食料庫。あそこを夜寝る前の一、二時間だけ使わせてくれない？　あとランプの油も」

顎の下で両手を組んで祈るように言われても、あからさまに不審な頼みにリュステムは眠気も吹っ飛んだような顔でナクシュデルを見つめた。

「どうして？」

しごくとうぜんの問いにナクシュデルは緊張する。自分の希望にリュステムがどんな反応を示すのか、想像がつかなかったからだ。組んだ両手をさらに強く握りしめ、高いところから飛び降りるような気持ちでナクシュデルは言った。

「こ、このあたりに住んでいる女の子達に、文字や計算を教えたいの」

一度口にしてしまうと、あとはほとばしるように言葉が出た。

ナクシュデルはメルエムに文字を教えていることや、先日の市場での件を語った。

「自分で読み書きや計算ができれば、騙されることもないし、それにもっと色々な仕事が探せると思うの」

そこでナクシュデルは、ふと思いついた。そういえば最初にあった日、リュステムが似たようなことを言っていた。皇帝の虚栄心《きよえいしん》を満足させるためだけの淑女《しゆくじよ》教育より、買い物のたびにつり銭をごまかされている下働きの娘に計算のしかたを教えてやったほうがよほど世の役に立つ、と。

「私、後宮で教わったことを、みんなに返したいの」

後宮での贅沢《ぜいたく》な生活が、かつての自分のような貧しい人達の暮らしを圧迫《あっぱく》していたというのなら、それを彼らに返すことが筋ではないか。なによりそれが彼らの存在を忘れていた自分にできる、唯一の贖《あがな》いではないか。

寒さと飢えの心配がなくなったとたん、忘れてしまっていた。

自分が逃れることができても、同じように苦しんでいる人は大勢いるということを。

「お願い、居候《いそうろう》の分際で勝手なことを言っているのは分かっているけど」

握りしめた両手には、いつのまにか痛いほど力がこめられていた。

おそるおそるリュステムの反応をうかがうと、よほど意外な願いだったのか、彼は瞬きも忘れたように、まじまじとこちらを見つめていた。そんな反応にわれを取り戻したナクシュデルは、あわてて言いわけのように付け足す。

「も、もちろん、そんなに長くお世話になるつもりじゃないから、あとで教えた子が他の子に教えてあげられるように、教本を作っているし――」

「……別に、もう少しいたっていいぞ」

さえぎるように言われた言葉に、ナクシュデルは驚いてリュステムの顔を見る。目があった瞬間、リュステムの小麦色の肌ははっきりと分かるほど赤くなった。驚きに目を丸くするナクシュデルからあわてて目をそらすと、彼はなかば怒ったような口調で言った。

「も、もちろん、そういう目的があるんだったらな！」

ナクシュデルはぱっと顔を輝かせ、身を乗りだして叫んだ。

「ありがとう！」

その声に引き寄せられるように、リュステムはこちらを向きなおった。喜びから頬を上気させるナクシュデルに、彼はたじろいだように肩を後退《こうたい》させる。そのまま気圧《けお》されたように見つめ、しばし沈黙のあとぼそりとつぶやいた。

「まいったな、そんなこと考えたこともなかった」

「え？」

リュステムは返事をせず、力ない笑みを浮かべつつ言った。

「後宮では、そんなことも教わったんだな」

「他にも色々教わったわよ。読み書きや計算、国の歴史。基本的な教養はもちろん、刺繍に料理、舞踊《ぶよう》や吟詠《ぎんえい》、楽器の演奏……」

指折り数えつつ答えると、リュステムはなかば呆れたような顔をする。

「立派な花嫁学校だな」

その言葉にナクシュデルは思いだしたように、両手をぱんっと鳴らした。

「あ、それに閨房芸と夜伽《よとぎ》の作法」

「……そういうことを男の前で言うなよ」

「え、だって二人きりじゃない」

さらりと返すと、リュステムは眉間《みけん》にしわを寄せる。見るからに不機嫌そうな顔にナクシュデルは首を傾げたが、リュステムは息をついただけだった。

しばしの沈黙のあと、思いだしたようにリュステムが言った。

「楽器の演奏っていえば、最初に会ったときもウードを持っていたよな」

言われて見ればの言葉に、よく覚えていたなと感心する。

しかし一番得意なウードの演奏を話題にあげられ、ナクシュデルは胸を張る。

「私、踊りはあまり得意じゃないけど、ウードの演奏には自信があるわよ」

リュステムはぷっとふきだした。

「そういえばウードを棍棒《こんぼう》みたいに振り回していたな。なるほど、確かに凄腕《すごうで》だ。あんな使い方は普通の人間にはできない」

「し、失礼ね。あれはあんたのことを変質者だと思ったから。ちゃんと演奏できるわよ」

「どっちが失礼だ………」

もう何度言われたか分からない変質者という単語に、いい加減《かげん》投げやりにリュステムは反論した。とはいえもう諦《あきら》めたのか、すぐに機嫌を直して言った。

「じゃあ、今度聞かせてくれるか？」

ナクシュデルは軽く瞬きをする。

「え？」

「近々に母も戻ってくるから、よかったらそのときにでも。彼女のほうが俺より耳が肥《こ》えているし、的確な意見もくれるだろう」

ナクシュデルは耳を疑うような顔でリュステムを見た。

最初に会ったとき、リュステムは後宮で習った数々のことを、皇帝の虚栄心を満足させるためだと断罪《だんざい》した。だから『後宮で教わった演奏を聞きたい』などと、リュステムが口にするとは思ってもいなかったのだ。

「……聞きたいの？」

念押しするように問うと、リュステムはあっさりとうなずいた。

言葉が出ないナクシュデルに、彼は訝しさと用心深さを交えた顔で尋ねた。

「聞かせたくないのか？」

「ううん、そんなことない！」

間髪《かんはつ》を容《い》れずに叫ぶと、リュステムは驚いたように肩をそらした。かまわずナクシュデルは、つかみかからんばかりの勢いで身を乗りだす。

「そんなことないわ。むしろ聞いてもらいたいぐらいよ。だって後宮で七年間、頑張《がんば》って稽古《けいこ》をしてきたんだから」

「うん、お前が必死だったことは分かっている。だから誇りを持って演奏したらいい」

耳の奥に静かに伝わった言葉に、ナクシュデルは息を呑む。リュステムの黒い瞳は、落ちつきと穏やかさを取り戻していた。しばし見入っていたナクシュデルだったが、やがて水が染みるようにリュステムの思いが伝わってきた。

――この人は私が後宮で過ごした七年間を、認めようとしてくれているのだ。

ナクシュデルはまじまじとリュステムを見つめ、大きくうなずいた。

「うん、頑張る。一世一代の晴れ舞台のつもりで、全力を尽《つ》くすわ」

こぶしを握りしめて決意をみなぎらせると、なにがおかしいのかリュステムは声をあげて笑いだした。

「そ、そんなに笑わなくても……」

頬を膨らませつつひとまず抗議をしてみるが、リュステムがあまりにも笑い転げているので、そのうち釣られたようにナクシュデルも笑いだした。そうやって二人して声をそろえるようにして笑ったあと、おもむろにリュステムは言った。

「母は社交界に顔が利《き》く。お茶会と称《しよう》して、企業の社長夫人や各国の大使領事夫人を年中招《まね》いている。お前の腕を披露《ひろう》する、いい場を設《もう》けてくれるかもしれないな」

予想外の方向に話が飛んでナクシュデルはひどく驚く。思いのほか張りきったのは、自分の腕を披露したいというより、リュステムが聞きたいと言ってくれたからだ。人前での演奏は苦にならないが、そこまでそうそうたる顔ぶれだと、さすがに臆してしまう。

「それは、ちょっと……」

言いかけて、ふとナクシュデルは思いついた。

「そういえば先日会ったクレボスの領事様、あの方もいらっしゃるのかしら？」

「バートランド卿のことか？」

ナクシュデルがうなずくと、リュステムは首を傾げた。

「どうかな、彼は独身だからな。基本的に母の茶会は夫人が招待客で、旦那《だんな》はあくまでも付属だから。まあクレボス領事ということで、一応親しくはしているだろうけど」

なるほど。先日の訪問には、そういった背景があったということか。

ひとまず納得すると、ナクシュデルは尋ねた。

「あの人、本当にクレボス人なの？　名前も姿もそれっぽくないのだけど」

「彼はベレンギの貴族だよ。それもかなり爵位《しゃくい》の高い王族に近い、確かクレボス王の甥《おい》に当たる人物じゃなかったかな？」

そういうわけか、とナクシュデルは思う。

半世紀前に建国されたクレボスの国王には、独立戦争のさいに尽力《じんりょく》したベレンギの王子が据《す》えられたと聞いている。となるとイヴリンはベレンギ王子の甥ということである。

国の成り立ちを考えれば、クレボス政府の要職にベレンギの人間がつくことはしかたがないだろう。とはいえ半世紀を経てもなお、列強の介入《かいにゅう》を受けつづけるクレボスに、ナクシュデルはなんとなく釈然としない思いを抱いた。そもそもクレボス国王にベレンギ王子を即《つ》けること自体、どう考えても納得できない。そこでナクシュデルは、あらためて思いだす。

「今日市場でみなが噂《うわさ》していたんだけど、あんたのお父さん、大統領になるの？」

世間話でもするように訊かれた大問題に、一瞬きょとんとしたあと、リュステムは激しく咳《せ》きこんだ。

「だ、大丈夫？」

伏せた身体を上下させるリュステムの背中を、ナクシュデルはあわててさする。

ようやく呼吸を取り戻してから、リュステムは顔をあげる。咳きこんだ勢いか、目じりに涙が浮かんでいる。

「選挙の準備もままならないのに、いきなり大統領になんかなれるわけがないだろう」

〈選挙〉という聞きなれぬ単語に、ナクシュデルは尋ねる。

「選挙って、古代クレボスの都市国家で、議員を選んだりしていたやつのこと？」

世界史の授業で教わった事例を言うと、リュステムはあ然とした顔をする。

君主制が広まる前の古代社会には、共和制を主体とする都市国家が多く存在していた。

その中でもクレボスは、数多《あまた》の都市国家を抱えた共和政治発祥《はっしょう》の地だと言われている。

そこまでは歴史として習ったのだが……。

「そうだよな。専制君主の後宮で、選挙とか民主主義とかを教えるはずがないよな」

一人で納得してうなずくリュステムに、自分がとんでもないことを言ったのだとナクシュデルは悟った。同時に以前ならその無知ぶりを罵倒していたリュステムが、言われもしないのにナクシュデルの事情を斟酌してくれたことに、少し驚いた。

「クレボスも外国の王子なんか国王に選ばないで、選挙で大統領を選べばよかったのに」

愚痴《ぐち》とも独り言ともつかぬナクシュデルの言葉に、リュステムは神妙な顔で言った。

「前も言っただろう。クレボスの領土が広がったって、うしろについている国は一銭も得をしないって」

出会った日、旧宮殿にむかう馬車の中で自分が口にした言葉を、ナクシュデルは思いだした。今回の革命と、クレボスの独立戦争の因果関係について説明してくれたリュステムに、ナクシュデルはそう言ったのだった。

そこでナクシュデルははっと気づく。

目の前でリュステムは、そうだ、というようにうなずいた。

「逆に言えば自分達の得になるから、ベレンギはクレボスに手をかしたんだ。半世紀前の独立戦争は、結局そういうことなんだよ」

それからナクシュデルは、近所の娘達に読み書きと計算を教えはじめた。

わざわざ食料倉庫を指定した理由は、裏口の側にあるため、彼女達のような者でも入りやすいからだ。邸の中に他の家の下働きの娘をぞろぞろ引き入れることは、居候の身ではさすがにできなかった。

国際都市クランノープという土地柄もあって、通ってくる十人ほどの娘達は半数が外国人だった。もちろんその中にはナクシュデルのようなクレボス人もいた。

出身はちがっていても、貴重な自由時間を使ってやってくる娘達は、どの者もみな熱心だった。以前騙されて悔《くや》しい思いをしたため、単に就業のため、手紙を書くため、あるいは純粋《じゅんすい》な知的好奇心《こうきしん》など、動機はそれぞれだったが、熱意はみな等しかった。

特にメルエムはすぐにナクシュデルに訊ける状況もあって、驚くほど呑みこみが早かった。いまや彼女は、習いはじめの娘に簡単な読み書きを教えてやれるほどになっている。

いずれ自分が出て行くことになったとき任せられるよう、ナクシュデルは昼の間に教材作りにいそしんでいた。

そんなナクシュデルをアブデュルが訪ねてきたのは、後宮を出てからひと月半を過ぎた頃だった。リュステムを介《かい》さず直接訪ねてきたことを訝りはしたが、基本的に人間性は信頼しているので、ナクシュデルは警戒《けいかい》することなく出迎えようとしたのだが――。

「若様がご不在のお邸で、ナクシュデルさんを男性と二人きりでお会いさせるなんて、とんでもないことです」

そう言って同席を要求するメルエムに押しきられ、三人で応接室に入ることになってしまったのだ。人妻であるナシム夫人にでさえ秋波《しゅうは》を送るたらしぶりを、メルエムも承知しているのだろう。加えて読み書きを教えてもらっていることで、メルエムはナクシュデルをすっかり敬愛するようになっていたのだ。

もちろん後輩の母であり、上司の妻でもある女性に公然と甘い言葉をささやくなど、端《はな》から冗談《じょうだん》だと割りきっていなければできることではないのだが、十一歳というメルエムの年齢を考えれば、鷹揚《おうよう》に構えていろというほうが無理なのかもしれない。

それにしても家主のナシム夫人ならともかく、そこでリュステムの名前があげられるとは、なんだか激しく誤解されてしまっているような気がする。

「メルエム、私とリュステムはなんでもないのよ。もちろん中尉ともだけど」

ソファの横で仁王《におう》立《だ》ちをしてアブデュルを監視するメルエムに、困惑してナクシュデルは言った。

「傷つくなあ、そんなつれないことを」

冷やかすような物言いに、ナクシュデルは少々辟易《へきえき》した顔でアブデュルを見た。

あからさまに不審な顔をするメルエムに、アブデュルは平然として尋ねた。

「君はこのお嬢さんが、若様の恋人だと思っているの？」

想像もしなかった発言に、ナクシュデルは危うくチャイをふきだしかけた。

口元を押さえて必死でこらえている横で、胸を張ってメルエムは言う。

「そうではありませんが、若様はナクシュデルさんを好きです」

ようやく飲みこんだチャイが逆流しそうになって、本気で窒息《ちっそく》するかと思った。

げほげほと咳きこむナクシュデルに同情する視線をむけたあと、やれやれとでもいうようにアブデュルは長めの前髪をかきあげながらつぶやく。

「困った男だね。こんな子供にまで悟られるほど、露骨《ろこつ》に態度に出しているのか」

「子供ってなんですか！　あたしはもう十一歳です」

「お嬢ちゃん、女性がその魅力《みりょく》を開花させるのは三十過ぎからさ。真の花盛りは四十を過ぎてからだね。かといって五十、六十を過ぎても散りぎわの美しさというものがある。七十を過ぎればそれはそれで枯《か》れた美しさというものがあるんだよ」

うんうんとうなずきながら、おのれの個性的な美学に陶酔《とうすい》するアブデュルに、ナクシュデルは絶句する。女性の年齢に対して下限は問うが上限は問わないと豪語しているらしいが、これは〝たらし〟というより単なる熟女、あるいは老女趣味ではないだろうか？　若くて地位もあって、しかもこれだけの美男子だというのに、聞いたら切歯扼腕《せっしやくわん》する若い女性は山ほどいるだろう。

　同じく絶句していたメルエムだったが、それでもナクシュデルより早く立ち直った。

「あなたの好みなんかどうでもいいです。ナクシュデルさんが私達に読み書きを教えようとしてくれたことに、若様はとても感心されていました。自分は明日のコメを配ることは考えても、彼らが自分で買えるようにすることは考えたことがなかった、と」

　メルエムの言葉にナクシュデルは軽く瞠目《どうもく》する。同時に先日の彼のつぶやき――まいったな、そんなこと考えたこともなかった――を思いだした。

　アブデュルはすました表情のままうなずいた。

「うん、それは俺も聞いたよ。だけどその場合、やつがナクシュデルさんを〝好き〟だという言葉は適切じゃないね。〝敬う〟とか〝尊敬〟とかいうべきだね」

「そんな難しい言葉、知りませんよ！」

　顔を真っ赤にして怒るメルエムに、ナクシュデルは内心で〝なんだ、そういう意味だったのか〟と拍子抜《ひようしぬ》けしたような思いを抱きつつ、あわてて口を挟む。

「ご、誤解しないで、メルエム。リュステムはそんなつもりで、私を世話してくれているわけじゃないわよ。単純に善意から――」

「あと、罪悪感ね」

　アブデュルの言葉にナクシュデルはぐっと息をつめる。

言われるまでもなく、薄々察していた動機だった。自分達が革命を起こしたことで、ナクシュデルを路頭に迷わせかねなくさせた。加えて〝明日のコメの心配〟を必要としない自分の立場に、リュステムは罪悪感を抱いている。

見るとアブデュルはとりすました笑みを浮かべつつ、ナクシュデルを見つめている。

どこか挑発《ちょうはつ》するような眼差しに、ナクシュデルはつめていた息を大きく吐いた。

「だけど後宮が解散して、路頭に迷うはめになったのは私だけじゃないわ。そのことはリュステムも分かっているはずだし、目の前で困っているたった一人を助けたからといって罪悪感がなくなるほど、彼は単純な人間じゃないわ」

「だね。そんな狭い視野でしか物事を見られない人間に、革命を謳《うた》う権利はないよ」

アブデュルの即答《そくとう》に、ナクシュデルはこくりとうなずく。

目の前で倒れているたった一人の人間を助けたいだけなら、施しをすればいい。あるいは救護施設に送ってやればいい。だがそれでは万人を救うことはできない。だからこそ革命は起きた。もしリュステムが、ナクシュデル一人を助けることでおのれの罪悪感から解放されるような人間なら、革命軍に加担する必要も資格もない。

「ひとつの体制を壊したからには、陰で泣く人間がかならずいることを、行動を起こした人間は忘れてはいかんよ」

まるでナクシュデルの心を読んだような発言を、アブデュルはした。もはやわけの分からぬ顔をするメルエムの横で、ナクシュデルは同意だとばかりにうなずいた。

「それで、今日来た理由だけど」

アブデュルの言葉にナクシュデルは瞳をぱちくりさせる。

そういえば、まだ本題に入っていなかったのだ。

「リュステムがあんたを自宅に住まわせている、という噂が軍部に広がりつつあるんだ」

深刻でもないが、これまでの冷やかすような口調とはあきらかにちがう物言いだった。

「え？」

「つまり革命の最高指導者サドリ将軍の一人息子が、後宮解散の混乱に紛《まぎ》れて、皇帝の寵姫をかすめとったという噂が軍部に広がっているんだ」

ナクシュデルは絶句してアブデュルを見る。彼は先ほどまでの朗《ほが》らかな表情を完全に消し去り、苦々しげになにやら思案していた。

「そ、そんな！　リュステムはただ善意で」

「あたり前だ。あいつは裸の女と二人きりで地下牢に閉じこめても大丈夫な男だぞ。現にあんたも無事だっただろう」

「え、そ、そりゃ、まあ……」

ナクシュデルは一応うなずいてみせたが、なぜか少しだけ惨めな気持ちになった。

もちろんリュステムは立場にものを言わせて、女性に関係を強要するような人間ではない。それに先刻の〝敬う〟とか〝尊敬〟などのアブデュルの言葉を思いだすと、単にナクシュデルに関心がないだけという気もする。なによりリュステムの立場を考えれば、後宮の人間であった自分と親密になることは、命取りにもなりかねないのだ。その彼が、たわむれでも自分に言い寄るなどありえない。

「ひどい、誤解だわ」

嫌《けん》悪《お》感《かん》を丸出しにして言うと、アブデュルは大きくうなずいた。

「俺は法律《ほうりつ》に触《ふ》れないかぎり、身分差があろうが同性愛だろうが、個人の恋愛にとやかく言うつもりはない。ただ世間の目を考えて、いまは自粛《じしゅく》したほうがいいだろう」

彼の極端《きょくたん》な年上好みを考えれば、まあそんなふうにもなるだろう。とはいえ現在のオズトゥルクの法律では、国教の問題で同性愛は一応禁止されているのだが。

「自粛って、私はなにも……」

「それだ」

アブデュルは身を乗りだした。

「どうしてあんたが皇帝の寵姫だったなんて、よりによって軍部に知れわたったのか、なにか心当たりはないか訊きに来たんだ」

確かにアブデュルの疑問はもっともなものだった。

そもそも後宮を出てから今日に至るまで、ナクシュデルはリュステムとアブデュル以外の軍人とは顔をあわせていない。兵達が食事をとりに来ているときも、調理は手伝っているが、給仕は料理長をはじめとした男性の使用人がしている。

邸の人間にはかん口令《こうれい》を敷《し》いているし、仮に誰かが口を滑《すべ》らせたとしても、それなら街中に広がるほうが先だろう。しかしアブデュルは〝軍部に広がりつつある〟と言った。

それが真実なら、革命軍最高指導者サドリ将軍の子息で、次世代の旗手でもあるリュステムにとって致命傷《ちめいしょう》にもなりかねない噂だ。

その考えに至った瞬間、背中に冷水をかけられたような気持ちになった。

「………くわ」

「え？」

ナクシュデルの震える声に、アブデュルとメルエムはそろって訊きなおすようにつぶやく。

「あたし、旧宮殿に行くわ」

そのとき、入り口のほうでかたりと音がした。ふりかえると、扉の側にリュステムが立っていた。いまの言葉が聞こえたのか、驚きで表情を強張《こわば》らせている。

いっぽうナクシュデルも、自分の発言を聞かれたことにひどく動揺《どうよう》した。この邸を出てゆくのなら、どのみちリュステムには告げなくてはいけないことなのに、まるで内緒話《ないしょばなし》を聞かれてしまったかのように胸がどきどきする。

部屋の中に入ってきたリュステムは、硬《かた》い口調で言った。

「いま旧宮殿に行けば、噂を肯定《こうてい》するだけだぞ」

「で、でも！」

「かといってこのままにしていても、肯定には変わりがないけどな」

横から口を挟んだアブデュルに、リュステムは声を大きくした。

「先輩、どうしてこいつに教えたりしたんですか！」

ほとんど怒鳴りつけられたアブデュルは、鼻白んだように眉間にしわを刻んだ。

「お前、いつから立ち聞きしていたんだ？　だったら聞いていただろう、理由は――」

「ここは俺の家です。どこでなにを聞こうと、とやかく言われる筋合いはありません」

あまり論理的とはいえない言い分よりも、むしろリュステムの興奮ぶりにアブデュルは驚いたようだった。当人であるリュステムも、軍部に流れる自身の噂については知っていたようだ。

「じゃあどうしてあんたは、私に黙っていたの？」

ナクシュデルの声音は、責めるとも、訴えるともつかぬものになっていた。

黙っていた理由が、自分を思いやってのことだとは分かっている。だが分かっていても納得できなかった。小さなことならかまわない。だけどこの事態を放置しておくことは、リュステムにとって致命傷になりかねない。そんな犠牲《ぎせい》を払《はら》ってまでかばわれても、嬉《うれ》しくもなんともない。

ひどい誤解だ。リュステムは良心に従い、善意でやってくれたにすぎないのに——。

情けないやら申しわけないやらで、目の奥が熱くなる。

言葉をつまらせるリュステムに、見かねたようにアブデュルが言った。

「一人で片付けようとするな。これはお前だけの問題じゃない。このまま噂が広がりつづければ、親父《おやじ》さんであるサドリ将軍の進退にも影響《えいきょう》してくるぞ。それはお前自身がナシム夫人に言っていたよな」

出会った翌日の朝、後宮の人間だった自分を保護することは、革命軍最高指導者である父親に悪影響を及ぼしかねないと、母親に対してリュステムははっきりと言っていた。

確かにナシム夫人は軽く反発していたが、あのときはナクシュデルの正体が、よりによって軍部に知れわたるなど考えてもいなかっただろう。

実際知りあいの娘さんを預かった、とでも言ってしまえばすむことだった。

そうやって考えるにつけ、どうしてそんな噂が広まってしまったのかが解《げ》せない。

そのとき、開け放たれたままの扉が叩かれた。

張りつめていた空気がふっとゆるみ、部屋にいた四人が同時に注目する。そこに立っていたのは家政婦長だった。扉が開いていたことから、おそらく室内の騒《さわ》ぎに気がついていたはずだ。しかし彼女は職業的無表情を維持《いじ》し、素知らぬ顔で言った。

「ナクシュデルさん。バートランド卿がご面会を願っておられます」

一瞬誰のことかと思ったナクシュデルより素早く反応したのはアブデュルだった。

彼は眉を細め、胡散臭そうな顔でリュステムに目配せをする。リュステムのほうは、やや困惑した面持ちを浮かべている。

ナクシュデルはようやく、イヴリンのことだと気がついた。

「私に？　どうしてクレボス領事ともあろう人が私を訪ねてくるの？」

「さあ、それは私に訊かれましても……」

「お通ししろ」

ぶっきらぼうなリュステムの指示に、家政婦長はうなずいた。さすがにこの場にはいられないと思ったのか、メルエムも家政婦長について室外に出た。

二人が出て行ってすぐに、イヴリンが姿を現した。

彼のいでたちは黒に近い濃紺《のうこん》のフロックコート、白のシャツにクリーム色のクラヴァット、同じ色のズボンをはいて、絹《きぬ》の手袋をした手には、艶が美しい樫のステッキを持っていた。ことベレンギでは ステッキは紳士《しんし》の必需品《ひつじゅひん》らしいが、年寄りでも足が悪いわけでもないのになぜそんなものを持っているのか、ナクシュデルには理解しかねた。

「おや、これは皆様、おそろいで」

「ご無沙汰しております、バートランド領事」

珍しく慇懃《いんぎん》に、アブデュルが挨拶をした。

対照的にイヴリンは、朗《ほが》らかな態度のまま挨拶をかえす。

「どなたかと思ったらアブデュル中尉ではないですか。青年党の会合以来ですね」

「その節はお世話になりました。クレボス領事殿がわれわれの決起集会に足を運んでくださるとは、思いもしませんでした」

「あの件にかんしてはリュステム少尉のご尊父《そんぷ》、サドリ将軍閣下《かっか》にいまでも感謝しております。次代をつくるオズトゥルク青年党の会合を目にしたことで、私はこの国の民主化はかならず成《な》し遂《と》げられるものと確信しておりました」

話を聞くかぎり、クレボスは今回の革命を支持しているらしい。ひょっとしてクレボスではなく、ベレンギ王国が、なのかもしれないが。

アブデュルとの話を終えたあと、イヴリンはにこやかに言った。

「それにしてもリュステム少尉がご在宅とは、ちょうどよかった」

「あなたは彼女に用事があったのではないですか？」

やや胡散臭げにリュステムは、手のひらでナクシュデルを示した。

ナクシュデルは大きくうなずいた。自分を訪ねてきたくせに、世間話ばかりをするイヴリンに少々いらつきはじめていた。

あきらかに自分を警戒する二人に、気を悪くしたようすもなくイヴリンは言った。

「ええ、そうです。しかしあなたにもお伝えしなければならないことですから」

「私に？」

自分を指差すリュステムに、イヴリンは妙案を思いついたような笑みを浮かべる。

「このたびお父上から、ナクシュデル嬢をクレボス領事館でお預かりするよう、ご依頼を受けました」

イヴリンの言葉を聞いた三人は、いっせいに衝撃を受けた顔をした。

しかしナクシュデルはすぐに、この申し出にナシム夫人の意図が働いていることを察した。一度の面識もないリュステムの父が、ナクシュデルを保護する義理はない。それどころか息子を手玉に取った性悪女《しょうわるおんな》と思われていてもしかたがない。

その誤解を解いてくれたのはナシム夫人だろう。

とはいえ彼女とて、この噂が自分の夫や息子の首を絞《し》めかねないことは承知しているだろうから、前から交流のあったイヴリンに委《ゆだ》ねたのだろう。クレボス領事にクレボス人であるナクシュデルの保護を願い出ることはなんの不思議もない。

断るまでもない。非のうちようのない、ありがたい話である。

そんなふうに自分に言い聞かせて、ナクシュデルは言葉をしぼりだした。

「……分かりました」

驚くリュステムの前で、イヴリンは素早く告げた。

「ではすぐに支度をお願いします。三時間後に迎えに来ますから」

「そんな、急すぎる！」

声を大きくしたリュステムに、イヴリンは冷ややかな一瞥をくれる。

リュステムがむっとした顔をすると、イヴリンは今度は戒《いまし》めるように言った。

「お父上のご命令ですよ。――災いの火はボヤのうちにもみ消しておかないと」

災い、という言葉がナクシュデルの胸の深いところまで突き刺《さ》さった。

リュステムは一度言葉をつまらせ、それでもなにか反論しようと口を開きかけた。だが彼の前に立ちふさがるようにして、ナクシュデルが素早くイヴリンにむきあう。

「分かりました。よろしくお願いします」

深々と頭を下げるナクシュデルの前で、イヴリンは満足げな表情でうなずいた。

そんな彼と呆然とするリュステムを交互に見比べると、アブデュルはひどくつまらなそうな顔でそっぽをむいた。

やがてイヴリンとアブデュルが出て行き、客間にはナクシュデルとリュステムの二人が残された。

二人はそのまま立ち尽くしていた。

たがいに動こうとしないのに、なにか言う気配もない。あたかもけん制しあうように黙りこむしかできない。なにか言おう、なにか言わなければ、そんな思いばかりがあふれて、逆に喉の奥をつまらせる。

重苦しい空気の中、ようやくナクシュデルは口を開く。

「あの……、いままで、ありがとう」

ぎこちない言葉にリュステムは返事をしなかった。すがるような思いで見ると、彼はなんらかの感情を抑えるよう、頬を紅潮させたまま小さく息をついたところだった。

居たたまれなくなったナクシュデルは、部屋を出ようと足を踏みだしかけた。

「本当にいいのか？」

ぎくりとして足を止めると、リュステムは射るような視線をこちらにむけていた。

心臓に深々と槍《やり》をつきたてられたような、そんな衝撃を覚えた。

息もつけぬような胸の痛みの中、ナクシュデルはなんとか言葉をしぼりだす。

「し、しかたがないじゃない」

もちろん未練はあった。邸は居心地がよかったし、料理を習うことは楽しかった。少女達に読み書きや計算を教えることだって、もう少しつづけたい。なにより目の前のリュステムにもう会えなくなるのかと思うと、わけも分からず胸が締めつけられそうになる。

だが自分の存在がリュステムの未来に害を及ぼすというのなら、どれほど胸が痛もうと側にはいられないではないか。

「しかたがない？」

おうむ返しに言われた言葉に、抑えていた感情が堰《せき》を切ってあふれそうになる。

しかたがない――だって、本当にそれしかないのだから。

「そうよ……」

短く言っただけなのに声が震える。たまらず走りだそうとした矢先、素早く手首をつかまれる。はっとして顔をあげると、リュステムはひどく驚いた顔をする。彼の黒い瞳は食い入るようにナクシュデルの青い瞳を見つめていた。

「お前……」

「え？」

リュステムの声に、ナクシュデルははっと気がついて目元に手をやった。次の瞬間、愕《がく》然《ぜん》とする。気がつかないうちに、目じりに涙がつたっていたのだ。

「あ……」

予期せぬことに、自分でもどう反応してよいのか分からなくなる。見せてはならない心の奥底を見せてしまったようで、どうにもならないほどの羞恥がこみあげてくる。たまらず腕を振りほどこうとしたが、それより先に引き寄せられて抱きしめられた。

その瞬間、確実に息が止まった。

顔を胸に押しつけられ、彼の鼓動が頭に響く。激しい混乱に思考ができなくなる。

だがナクシュデルは、熱い奔流《ほんりゅう》に巻きこまれてしまいそうになる理性を、辛うじて引き戻した。胸を切り裂《さ》かれるような思いで、腕を伸ばしてリュステムを突き放す。彼はゆらりと身体を揺らし、呆然とナクシュデルを見た。

ナクシュデルはリュステムの顔も見ずに、部屋を飛び出していった。

第三章

リュステムとの別れから三日がたった。

あのあとイヴリンは、ナクシュデルをクレボス領事《りょうじ》の官舎に連れて行った。

オズトゥルクにある大使・領事館は、新宮殿から馬車で半時間以内の近郊《きんこう》にある丘に固まって建っていた。その中でクレボス領事館は、ベレンギ大使館の一部を間借りするような形で存在していることを、ナクシュデルははじめて知った。

戦争を起こしての独立だったことを考えれば、領事館があるだけでも驚くべきことかもしれない。しかしベレンギの支配下にあるようなクレボスの現状を知っているだけに、どうあっても皮肉な思いしか浮かばない。ぼんやりと考えているところに、いきなり臀部《でんぶ》を押されて前のめりになる。そのまま前の柱に額《ひたい》をしたたかに打ちつけ、悲鳴《ひめい》をあげる。

「痛っ！」

「ちゃんと柱につかまっていてください！」

背後から怒鳴《どな》りつけられ、ナクシュデルは着替えの最中だったことを思いだした。

はじめて経験するコルセットの着用にはすっかり辟易《へきえき》していた。そもそも着付けのためとはいえ、他人に足蹴《あしげ》にされるというのがすさまじすぎる。

コルセットとは鯨骨《げいこつ》か鉄線《てっせん》を通した胴着《どうぎ》を、紐《ひも》で締《し》めあげて細い腰を強調するというものだが、後部で締めあげるものがほとんどなので、一人での着用は困難《こんなん》を極める。

しかもやたら細い腰が賞賛される西洋社交界では、みなむきになって紐を締めあげるので、介助者《かいじょしゃ》が着用する人の腰に足をあてて、自分の身体《からだ》を後ろに倒すようにして重みで紐を締めあげるのである。

息も止まるような締めあげに、いくぶん慣れた頃ナクシュデルはぼそりと言う。

「別に腰なんか、そんなに細く見せなくてもいいんだけど」

黒のドレスに白のエプロンというお仕着せ姿のベテランメイドは、その愚痴《ぐち》に耳聡《みみざと》く気がついた。

「確かにお嬢さんはすらっとしておいでで、コルセットで締めなくても十分細い腰をお持ちです。ですが胸が小さいぶん、相対的に腰を細くしなければつりあいが取れないのです」

大きなお世話だと叫びたかったが、事実なのでなにも言えなかった。そもそも息が苦しいほど腰を締められているので、大きな声も出せやしない。

多少の身体の負担《ふたん》には目をつむっても美しくあろうとする心意気は、後宮で育ったナクシュデルにはよく分かる。パテでの脱毛《だつもう》は、自分の美意識にあったものだったから我慢《がまん》できたが、不自然なまでにくびれた細い腰はどうあってもナクシュデルの美意識からは外《はず》れている。東方舞踊家《ベリーダンサー》のなめらかな曲線のほうがよほど美しいと思う。

そのあとスカートを広げるためのペチコートをつけ、最後に薔薇色《ばらいろ》の本繻子《サテン》のドレスを着た。青のリボンと白のレースをふんだんに飾りつけた大変に手のこんだもので、淡《あわ》い色合いはナクシュデルの金色の髪をより際立《きわだ》たせた。

「まあ、お綺麗《きれい》ですこと」

額に汗をかきつつナクシュデルの身支度《みじたく》を手伝っていたメイドは、満足げにうなずく。着付けというより、大工仕事でもしたかのような汗のかきようである。

「どうして、こんなにお洒落《しゃれ》を――」

言いかけた矢先、メイドが鈴を鳴らしたので口をつぐむ。金色の取っ手がついたクリーム色の扉《とびら》を押し開けて入ってきたのは、イヴリンだった。

彼は身のおきどころがないように立ち尽《つ》くすナクシュデルの姿に目を細めた。

「やあ、とても綺麗だね」

これ以上ないほど率直な台詞《せりふ》に、歯が浮くようなお世辞を言われた気持ちになる。口調や態度にそつがなく、どこまでも隙《すき》がうかがえないからだろうか。

ナクシュデルは用心深くイヴリンを見返すと、慇懃《いんぎん》に頭を下げる。

「とんでもないです。私にはもったいないような素晴らしい衣装です」

「いやいや、皇帝の寵姫《ちょうき》ともあった方がとんだご謙遜《けんそん》を。おそらくこの何倍も豪華《ごうか》な衣装を身につけておいでだったでしょうに」

微笑《びしょう》を浮かべるイヴリンに、ナクシュデルはどう答えるべきか分からなかった。

もちろん自分が寵姫ではなかったという事実もだが、ここで寵姫達の豪華な生活をべらべら喋《しゃべ》ったりすれば、革命直後の世相《せそう》でさらなる反発を買いかねない。イヴリンはオズトゥルク人ではないから、そのあたりは気にしなくていいのかもしれないが。

「とはいえ、やはりあなたの金髪には、われわれの国の衣装が似合いますね。私の目に狂《くる》いはなかった。これならどこに出しても注目されることは、まちがいありませんね」

顎《あご》の下に手をやり、しげしげとナクシュデルを見下ろしながらイヴリンは言う。

「出す？」

「ああ、これからクランノープ在住の、クレボスの方々を招《まね》いての茶会にお連れします」

「はあ？」

ナクシュデルは頓狂《とんきょう》な声をあげた。勝手に決めてしまったことよりも、茶会という社交界の場に、自分のような者を連れてゆくという発想が分からなかった。

「あ、あの社交界って、普通王族や爵位《しゃくい》を持つ方々の集まりですよね」

「クレボスは事実上の新興国《しんこうこく》ですからね。大企業のオーナーや大学の名誉《めいよ》教授《きょうじゅ》など、なんらかの称号《しょうごう》を持つだけの方々も多いですよ」

だからたいしたことはない、というようにイヴリンは言うが、どっちにしろナクシュデルにとっては雲の上の人である。

オズトゥルクにおいては、たとえはったりでも〈皇帝の寵姫〉という名称があった。しかしそんなものが、クレボスで通用するはずがない。まして国王でさえ一夫一妻制《いっぷいっさいせい》だという西洋諸国において、寵姫などという言葉はむしろ蔑《さげす》まれるべきものだと聞いたことがある。そんな世界の茶会に出席するなど真っ平ごめんだと考えたナクシュデルは、気弱さを装って言う。

「あ、あの、私、後宮に入る前は、エセナ地区の貧民区《ひんみん》で育ったんですけど」

「そうでしょうね。まともな家庭で育ったのなら、後宮になど入れられるはずがありませんから」

さらりと言われた言葉に、全身の血の気が引いた。瞬《まばた》きもしないままイヴリンを見つめるが、彼はなんということもないように、相変わらず冷めた笑いを浮かべているだけだった。引いていた血の気が、今度はいっきに頭にのぼりつめる。

「ではどうして、私をそんな場所に連れてゆくのですか？」

少しばかり声を大きくすると、イヴリンは驚《おどろ》きに軽く目を見張った。

曇《くも》り空のような灰色の瞳《ひとみ》に、わずかながら不快の色が浮かんだことに気がついて、ナクシュデルはたじろぐ。しかし彼のほうがよほど失礼であることには自信があったので、強気な気持ちで答えを待った。

まもなくイヴリンは、元の冷めた笑顔を取り戻した。

「オズトゥルクで育ったあなたはご存知ないかもしれませんが、クレボスの社交界では異性を同伴《どうはん》することが礼儀《れいぎ》なのですよ」

「だって、あなたは独身でしょう？　結婚前に異性を連れ歩いていることのほうが不自然じゃないですか」

からかわれているのか、それとも自分を納得《なっとく》させるための言い訳なのかと疑うほど、イヴリンの言い分はナクシュデルにとって不自然極《きわ》まりなかった。

「そんなことはありませんよ。お疑いなら、今日の会場で参加者の顔ぶれをご覧になられるといい。一人で来ている者などおりませんから」

信じがたい言い分ではあるが、ここまで言いきるからには本当なのかもしれない。

もっとも数百年の間オズトゥルクの支配を受けていたクレボスにそんな習慣はなかったと思うから、おそらくベレンギをはじめとした西洋列強の習慣だろう。それをいかにもクレボスの習慣のように言うことにも、あらためて不快感を覚えた。

「で、でも、私は西洋社会の作法なんて……」

あくまでも自信がないふりをして、なんとか茶会への参加を拒否《きょひ》しようとする。

しかしイヴリンは、まったく気にしていないように言った。

「大丈夫ですよ。今日は昼間の会ですからダンスもありません。あなたが恥《はじ》をかかないようにきちんとお助けしますから、あなたはただ美しく着飾っていればよいのです」

本気で言っているのかと耳を疑う。子供でもあるまいし、ただついてこいなどと無茶すぎる話ではないか。そもそも茶会の出席についても、了解《りょうかい》をとるどころか開催《かいさい》されることすら教えてくれなかった。

そこでナクシュデルはふと思いつく。

（結局、この人はそういう人なのね）

保護を受けている身では、ナクシュデルには断りようがない。そんな力関係をイヴリンも分かっているから、了解をとる必要もないと勝手に同行を決めてしまったのだろう。

柔らかい物腰や親切な言葉にもかかわらず、最初から温かいものをいっさい感じられなかった理由がなんとなく分かってきた。

（いいわよ、そっちがその気なら）

ならばこちらも彼のつてを利用して、できるだけよい働き口を斡旋《あっせん》してもらおう。

どのみちいつまでも保護を受けることなどできないだろうから、社交界に参加させてくれるというのなら、それこそいい機会かもしれない。読み書きや計算はできるし、刺繍《ししゅう》や楽器演奏だってできる。一人になったときに備えて、リュステムの家で料理、洗濯《せんたく》、掃除《そうじ》は一通り学んできた。客人にそんなことをさせていたと知ったら、ナシム夫人はひっくりかえるかもしれないが。

そのためには機嫌《きげん》を損《そこ》ねてはならない。素早く計算すると、ナクシュデルは口元に手をあてて、はにかむようにうつむいた。

「本当に私がそんな場所に行って、卿《きょう》に恥をかかせるような結果になりはしないでしょうか？」

打って変わったように殊勝《しゅしょう》になったナクシュデルに、イヴリンは奇妙《きみょう》な顔をする。冷静に考えてみれば最初に厨房《ちゅうぼう》で会ったとき、リュステムに言いかえしているところを見られているのだから、おとなしい娘だとは思われていないだろう。しかし上流階級に臆《おく》して、すっかり気弱になっている貧民の娘という演技はできる。

功を奏《そう》したのか、イヴリンはすっかり警戒《けいかい》を解いた顔をする。

「問題ありません。それにクレボス社交界の面々は、あなたの経歴に大変な興味を持って耳を傾《かたむ》けるでしょう」

「え？」

イヴリンはそれ以上なにも言わず、手を差しだした。

意図が分からずに立ち尽くすナクシュデルに、苦笑を浮かべつつイヴリンは説明した。

「こういうふうに男性から手を差しのべられたときは、女性は素直に手をのせればよいのですよ」

「はあ……」

わけが分からない習慣だ。そもそもオズトゥルクの社会では、男女の社会は別個に存在しているから、男性の集まりにたとえ妻でも女性が同席することはないし、女性の集まりに夫が同席するなどもっての他だ。そんな生活だから同性との共存は特に尊重《そんちょう》される。後宮ではどの女達も、たがいに腹の中に一物《いちもつ》どころか十物も二十物も持っていたが、それでも一緒にお茶会はしていた。

顎の下でリボンを結ぶ形の小さな帽子をかぶり、慣れないハイヒールでドレスの裾《すそ》を何度か踏《ふ》みつけそうになりながら、玄関《げんかん》ホールにつづく大階段を下りる。玄関先の車寄せに出ると、二頭立ての無蓋《むがい》馬車が停まっていた。

「え、これに乗るの？」

ナクシュデルは思わず声をあげた。いまでこそ大分開放的になったが、一昔前まで女性はヴェールで顔を隠《かく》して外出していたオズトゥルクで、無蓋馬車は男の乗り物だった。まして後宮で生活していたナクシュデルは、つい最近まで外出時にヴェールをかぶっていたのだから、どうあっても違和感《いわかん》を禁じえなかった。文化のちがいはそれぞれだから〝はしたない〟などとは思わないし、いまさら恥《は》ずかしいとも思わないけれど。

ナクシュデルの驚きをどう解釈《かいしゃく》したのか、イヴリンはのんきに言う。

「クランノープは天候がいいから、無蓋馬車にはうってつけの街ですね。本当に今日は抜けるような青空だ。ベレンギの王都ノーサンランドは、一年の三分の二が霧《きり》か雨か曇りなので、せっかくの無蓋馬車も年中幌《ほろ》を下ろさなくてはならないのですよ」

それでどうして無蓋馬車という乗り物が存在するのかよく分からない。

座席はむかいあう形で、御者《ぎょしゃ》の背の方向にイヴリンが座った。

茶会の会場は新宮殿から少し離れた、中心街にあるホテルだという。

十年ほど前に建った西洋資本のホテルで、そこで作られた菓子が以前後宮に差し入れられたことがあったが、ほっぺが落ちそうなほど美味だったことを覚えている。

高価な菓子を後宮の女達全員にふるまったのは、あの当時皇帝の〝お気に入り様〟に昇格《しょうかく》したアイハンだった。そういえば後宮を追放された夜、自分が皇帝に捨てられたことが信じられず、旧宮殿の前で大声をあげていた。懐《なつ》かしいとまでは思わないけれど、どうしているのか気になる。

やがて馬車は、ホテルの車寄せに停まった。守衛《しゅえい》が素早く寄ってきて外から扉を開く。イヴリンの手をかりて馬車を降りると、そのままロビーまで誘導《ゆうどう》された。

吹き抜けの天井から吊《つ》り下げられた巨大なシャンデリアに、まず圧倒《あっとう》される。

床は磨《みが》きあげられた大理石の化粧《けしょう》板《ばん》を敷《し》きつめ、正面の受付では宿泊客が手続きをするために列を作っている。均等に取りつけられた大理石の柱の陰《かげ》には何百という糸を使って織りあげられた絨毯《じゅうたん》が敷かれ、西洋風の脚付《あしつ》きのソファが置かれていた。

フロックコートを着た男性と、オズトゥルクの民族衣装と円筒帽《えんとうぼう》を身につけた男性が角を突きあわせるようにして話しあっている。卓の上に書類を広げているところからみて、どうやら商談かなにかのようだ。少し離れた席では夫婦と見られる西洋人が、地図を広げなにやら笑いあっている。

両端には対《つい》になるよう赤い絨毯を敷いた階段が取りつけられ、マホガニーの手すりが中二階の踊り場までつづき、手すりのむこうから人の影が見え隠れしている。

物珍しさから目を凝《こ》らしていたナクシュデルだったが、とつぜん流れてきた音楽に驚いてあたりを見回す。するとロビーの一角で、脚付きの椅子《いす》に座った楽士達が三人、ウードやサズなどの民族楽器を演奏していた。

「ああ、今晩の公演の宣伝ですね」

納得したように、イヴリンがつぶやいた。彼の視線の先には掲示板《けいじばん》が設置されており、舞踏《ぶとう》公演のポスターが貼《は》られていた。

「東方舞踊《ベリーダンス》？」

「あの女性達が踊るんですかね？　だとしたらうまい宣伝のしかたですね。あんなものをかぶった女性が、ああいう肌もあらわな躍動的《やくどうてき》な舞踏を披露《ひろう》するのかと思うと、男は興味を示しますよ」

感心したようにイヴリンは言う。確かに楽器を奏《かな》でているのは、いまどき珍しく日だけを出す形のヴェールをかぶった女性達だった。

男の思考とはそういうものかと思いつつ、掲示板のほうに目をむける。

東方舞踊《ベリーダンス》という文字の下に、大々的に書かれた〈後宮仕込み〉という文字に気がついたナクシュデルは、女楽士達にふたたび注目する。そしてそのうちの一人、サズを鳴らしている女性の姿に目を留《と》め、愕然《がくぜん》とした。

まさか、と思うより先に駆《か》けだしたナクシュデルに、イヴリンが驚いて声をあげる。だがナクシュデルは立ち止まらなかった。慣れないハイヒールで一度足をひねったが、くじけずに走った。じわじわと集まりはじめた見物客の間を抜け、最前列に出ると、楽士の女性達はヴェールの隙間から訝《いぶか》しげな目をむける。

そのうちの一人、サズを演奏していた女性が、翡翠《ひすい》色の瞳を見開く。

楽器をかき鳴らす手を止めた彼女の顔に、ナクシュデルは息を呑《の》んだ。

アイハンだった。

緑の瞳と青の瞳がしばし見つめあい、そのまま時間が止まったようになった。

「どうしたんですか?」

背後から肩をつかまれ、われにかえる。よほど焦《あせ》ったのか、少し息を切らしたイヴリンがのぞきこんでいた。

「あ」

「公演をご覧になりたいのなら、あとで手配してあげますよ。茶会にきちんと出席してくだされればね」

なにげなく言われた言葉にナクシュデルは敏感《びんかん》に反応する。

一見優しいような物言いで、それでは交換条件ではないか。

いや、交換条件なら契約《けいやく》だからいい。契約はきちんと相手に説明をしたうえで、たがいに納得したうえで交わされるものだ。

だが二人の力関係を考えれば、ナクシュデルが茶会出席を断ることなどできるはずがない。だから予告もなしに連れてきて、あげく子供に菓子を与えるようにしてなだめようとするのだ。

――逆らわないかぎり、守ってあげるよ。

彼の他人に対する根底の思考が伝わってきて、ナクシュデルの心から反発がいっきに噴きだした。怒りと驚きをぶつけるナクシュデルの視線に、イヴリンは不安げな面持《おもも》ちを見せる。だがその目は笑っている。自分より非力な者の反抗《はんこう》を蔑んでいる。

「どうしたんですか？　気分でも悪いのですか？」

肩に置かれた手に、力がこもる。鎖骨《さこつ》に食いこんだ指に思わず顔をしかめると、イヴリンは驚いたように手を離した。

「ああ、すみません。つい力が入ってしまいました」

胸のあたりで渦巻《うずま》いていたどす黒い感情が、いっきに喉《のど》まで逆流してきたような気持ちになった。苦しげな顔をするナクシュデルに、イヴリンは満足げに微笑《ほほえ》みながら言った。

「本当に申しわけありません。お詫《わ》びにあの公演のチケットを取ってあげますよ」


茶会の会場には、昼の正装に身を包んだ大勢の男女がすでに談笑していた。広いテラスに面した部屋にはさんさんとまぶしい陽光がそそぎこみ、室内にもテラスにもいくつかの卓《たく》や椅子が置かれ、スコーンやサンドイッチ、焼き菓子や小さなケーキなどの軽食が並べられていた。あきらかにベレンギ風の食べ物ばかりで、クレボス人の茶会とは思えない。

そのうえ椅子はあっても茶会は基本的に立食形式で、ハイヒールでいい加減足が痛くなっていたナクシュデルは失望していた。オズトゥルクの茶会は、ソファにしろクッションにしろ座ってするものだった。

(西洋の奥様達って、きっと足腰が丈夫になるわね)

感心とも皮肉ともつかぬ思いでいると、自然と客達の会話が耳に入ってきた。

「では、国王陛下《へいか》はあくまでも宣戦はしない方向で?」

「ベレンギの宰相閣下《さいしょうかっか》が、文書でずいぶんと説得なさったようですが、いまのところ翻《ほん》

もたっていませんからね」

「まあ、いかに現状のオズトゥルクが混乱しているといっても、サロニカの敗退から一年

意《い》なさるようすはなさそうです」

「しかも革命軍の最高指揮官は、あのときの司令官サドリ将軍でしょう。陛下でなくとも

慎重《しんちょう》にはなりますよ」

ここで陛下と呼ばれているのは、もちろんクレボス国王だろうが、それよりも思いがけず耳にしたリュステムの父の名前に、ナクシュデルが敏感に反応したときだ。

とつぜん隣《となり》に立っていたイヴリンが、わざとらしい咳払《せきばら》いをした。噂《うわさ》話に花を咲かせていた客達は、ぎょっとしたようにこちらをむき、いっせいに口をつぐむ。

（？）

イヴリンは人形のように感情のない目で、気まずげに視線をそらす客達を一瞥《いちべつ》する。だが彼はすぐに口元を吊りあげ、作ったような笑顔を浮かべる。

「ごきげんよう、皆様。本日はお忙《いそが》しい中、恒例《こうれい》の領事館主催《しゅさい》の茶会にお集まりいただき、ありがとうございます」

穏《おだ》やかで愛想《あいそ》よい口調に、客達は安心したように口々に挨拶《あいさつ》を返す。

「こちらこそ、お招きいただいて光栄ですわ」

「なにしろ革命で国内がこのような状況ですから、今月の茶会は中止になるのではと危惧《きぐ》

しておりましたが、予定通りで安心しました」

「クランノープ在住のクレボス人の結束を強めるためにも、貴重な集まりですからね」

朗《ほが》らかに客達は語りあうが、本当にクレボス人のための集まりなら、こんなベレンギ風の茶会にせずに、クレボス料理を出せばよいのにと、ナクシュデルはしらけた気持ちになる。とはいっても四百年もオズトゥルクの支配下にあったクレボスでは、文化や習慣が影《えい》響《きょう》を受けあい、こと食文化にかんしてはほぼオズトゥルクと同じになってしまっているのだが。

「そういえばみなさんは、ロビーでの今宵《こよい》の公演の宣伝をご覧になりましたか？」

さらりとイヴリンは言ったが、唐突《とうとつ》な話題転換《てんかん》にナクシュデルは訝《いぶか》しむ。

客達がそれぞれにうなずくと、イヴリンは愛想よく言った。

「支配人から聞いたのですが、あの踊り子達はみな本当に元後宮の女性だそうですよ」

客達が軽くどよめく。

「本当ですか？　後宮が解散してから、元寵姫という売り文句で営業をする詐欺師《さぎし》まがいの芸人が多いですからね」

「大道芸ともなれば、そんな胡散臭《うさんくさ》い輩《やから》もおりましょうが、さすがにこのホテルの公演でそのようなことはありませんよ。近頃評判の、どこの会場でも引っ張りだこの踊り子だそうですよ」

「まあ、素敵ですこと。ぜひ観てみたいわ」

どうやらアイハンは踊り子として活動をしているようである。確かに彼女は東方舞踊《ベリーダンス》の名手だった。加えてあの美貌《びぼう》に元寵姫という肩書きが加われば、評判《ひょうばん》にもなるだろう。

しかし芸を売らなければならない状況にあるということは、旧宮殿での暮らしもどうやら安泰《あんたい》というわけではないようだ。お気に入り様であったアイハンでさえそんな立場にあるのなら、自分などどうてい居場所はないだろう。最悪の場合、旧宮殿に行けば引き取ってもらえると思っていたが、どうやら甘い考えだったようだ。それを考えれば不本意ではあるが、クレボス領事館に引き取ってもらったことを幸運と思うしかないのだろうか？

「ところで領事、そちらのお美しいお嬢《じょう》さんは？」

気がつくとフロックコートを着た初老の男性が、ナクシュデルのほうを見ていた。

客達の視線がいっせいに集中する。みな興味を持っていたのだろう。独身の青年領事が年頃の娘を同伴してきたら、普通は婚約者だと思うだろう。ひょっとしたら自分の娘を嫁にと、狙《ねら》っていた者もいるのかもしれない。気のせいか数組の夫婦の視線が厳しくなったような気がする。

（ちがいますよ。私はそんなお姫様じゃなくて、エセナ地区の貧民街で生まれて、ゴミ拾いまでして、あげく奴隷《どれい》として売り飛ばされた娘なんだから！）

心の中で必死に釈明《しゃくめい》するが、もちろん聞こえるはずがない。いったいなんと説明するつもりなのだろう。そんな思いでイヴリンの顔を見上げていると、それまで愛想よく微笑んでいた彼の顔がとつぜん曇った。

「実は今日は皆さんに、この不幸な娘さんの支援《しえん》をお願いしようと思って、連れてまいりました」

驚くナクシュデルの横で、イヴリンは彼女の存在など目に入らぬようにして話をつづける。

「この娘さんの名前は、ナディア・アスレリス嬢。クランノープ生まれの、両親ともにれっきとしたクレボス人です。幼少のみぎり、奴隷商人の手により両親と引き離され、不幸にして皇帝の後宮に入れられ、はからずも寵姫とされてしまったという、まことに同情すべき経歴をお持ちの方です」

会場の者達はいっせいに声をあげる。

「まあ、なんてお気の毒な」

「奴隷などと、そんな非人道的な制度がまだ残っていたとは」

「帝国が権威《けんい》にものを言わせて、諸外国の娘達を次々に後宮に入れているというのは本当の話だったのですね」

「同じクレボス人として、同胞《どうほう》の娘さん達の話を痛ましく感じておりました」

「このようにうら若いお嬢さんが、あんな老人に汚《けが》されるなんて」

「おいたわしい、女としても胸が痛みますわ」

優雅《ゆうが》で気取った空気がただよっていた室内に、いっきに興奮の渦が巻く。

あまりのことにナクシュデルは、なにをどう言ってよいのか分からなくなった。

自分の本名にかんしては、クレボス領事というイヴリンの立場を考えれば、簡単に調べはつくだろう。経歴も嘘偽《うそいつわ》りは言っていない。寵姫ではないという件にかんしては、自分が言いそこなっているのだからしかたがない。

だが基本的にちがっている。両親と引き離されたのは確かだ。だがそうしたのは奴隷商人ではなく両親だし、その根本的な理由は貧困にあった。貧困は確かに皇帝の失政も原因だった。だから革命が起きたのだと、リュステムは言っていた。

しかし奴隷という身分ではあったが、後宮は食べ物と温かい服をくれた。

同じクレボス人だ、同胞だと言いながら、自分の足元で寒さや飢《う》えに苦しんでいる同国人達に、手すら差しのべてくれなかったこの人達よりずっと親切だった。

それになにより――――。

(私、後宮で不幸じゃなかった)

みんなライバルだったから、確かに心を割って話せるような友人はいなかった。

それでもみな共通の目的を持って、切磋琢磨《せっさたくま》して生きてきた。世間から見れば見当違《けんとうちが》いであろうと、馬鹿馬鹿《ばかばか》しいものであろうと、時には卑怯《ひきょう》だと罵《ののし》られても、皇帝に召《め》されるための努力を誰も蔑まなかった。

みな自分以外の女を認めていた。

誰だって生きるために一生懸命《けんめい》なのだと、たがいに分かっていたからだ。

「アイハン様……」

つぶやきは騒《さわ》ぎにかき消されて、隣にいるイヴリンの耳にさえ入らなかったようだ。

ふいにかしゃり、という音とともにまばゆい光が起こり、一瞬視界を失う。

「な、なに?」

驚くナクシュデルの目の前には、カメラを構えた青年が立っていた。

フラッシュをたかれたことに気がついたナクシュデルは、断りもなく写真を撮《と》られたことに抗議《こうぎ》しようとした。しかし横に立つイヴリンの『ご苦労』という言葉に口をつぐむ。

青年にむけていた眼差《まなざ》しをそのままイヴリンにむけると、彼は冷めた笑顔を浮かべて言った。

「心配しなくても大丈夫。彼はクランノープに派遣《はけん》されているクレボス新聞の記者です。社長に同伴してきたのですが、あなたの不幸をクレボス社会に訴《うった》えてくれるはずです」

イヴリンの言葉に、記者は力強くうなずく。

「オズトゥルク帝国に翻弄《ほんろう》された、悲運のクレボス人寵姫。私達はクレボス人としてあなたのことを、クレボス、いいえ世界中に訴えつづけます」

想像もしなかった言葉にナクシュデルは絶句する。

会場にいたクレボス人達は、口々に同情的な言葉を並べはじめる。

特に男性達の発言は、いつのまにかやたら愛国的なものに変わっていった。

「では私も大学でこのことを訴えよう。クレボスは半世紀も前に独立したというのに、いまだオズトゥルクの支配を受けている」

「同胞の不幸を、クレボス国民に知らせるのだ」

「クレボス国民としての義務です」

あまりのことに、ナクシュデルは激しく混乱した。

(どういうこと？)

こちらの思いをまったく聞かず、端《はな》から不幸だと決めつけた記事を書かせるなんて。

もちろんそれ自体も腹が立つが、そんなことをしていったい彼になんの利益があるというのだろう。

「わ、私は別に………」

思いあまって口を開きかけたとき、まるでさえぎるようにイヴリンが口を挟《はさ》んだ。

「大丈夫、あなたが〝汚された〟などと思う人は、クレボスには一人もいませんよ」

ナクシュデルはその言葉の意味が、とっさに分からなかった。

「どういう………」

「ああ、お嬢さん。なんとお気の毒な！」

レースのハンカチを手にした婦人が絶叫《ぜっきょう》する。見ると瞳には涙が浮かんでいる。わけが分からずにいるところに、周りを囲んでいた人々が口々に熱狂《ねっきょうてき》的な言葉をかけてくる。

「年端《としは》もいかぬ娘さんが、なんと痛ましい」

「大丈夫、あなたはこんなにも清らかでお美しい」

「お心を強くお持ちなさい。あなたを蔑む者など誰一人いません」

「蔑まれるべきは、このように清らかな女性を毒牙《どくが》にかけた者のほうだ」

いや、かけられてはいないんですけど、七年もいたのに残念ながら——。

心の中で突っこみながら、ようやく事態が呑みこめてきた。

要するに純潔《じゅんけつ》を失った自分を、ナクシュデルが卑下《ひげ》していると思っているのだ。

（な、なに？　その恥ずかしい発想!!!）

そもそも本当にそう思っているのなら、もっと穏やかに慰《なぐさ》めるべきだろう。

汚されるどころか紛《まが》うことなく処女だから、心の中で悪態《あくたい》をつく程度ですんでいるけれど、本気で傷ついた女性だったら、それこそ自殺にでも追いつめかねない騒ぎようだ。

（なんて無神経な——）

こうなることが分かっていて、あえて〝汚された〟などと言うイヴリンの発想が理解できない。冷えた怒りに血の気を失った顔でイヴリンを見上げる。彼はナクシュデルの嫌悪《けんお》と軽蔑《けいべつ》に満ちた瞳を受け止め、のぞきこむように見つめかえす。

「顔色が悪いですね、辛《つら》い記憶《きおく》を思い起こされたのですか？」

優しい言葉には、いっさい心がこもっていない。そのことに気がついたナクシュデルの頭にかっと血がのぼった。

「おいたわしいことだ。ですが安心してください。いまのあなたにはこうして祖国の人達がついているのですから」

想像もしなかった台詞に、ナクシュデルは怒りも忘れて、頭の中が真っ白になる。

イヴリンは口の端を持ち上げ、うっすらと微笑んだ。

「ああ、そろそろ時間ですね。では皆様。気分を変えて、いまから舞踏公演を観《み》に行きましょうか」

いっせいに歓声《かんせい》をあげ、ぞろぞろと会場を出て行きはじめる客達を、ナクシュデルは呆《ぼう》然《ぜん》として見送っていた。そんな彼女の前に仕立てのよい革の手袋に包まれた手がにゅっと突き出される。

「さあ」

イヴリンが腕《うで》を差しのべていた。有無を言わせぬやり口に、ナクシュデルは抵抗《ていこう》することを諦《あきら》めて彼の二の腕をつかむ。本当はひねりあげてやりたい気持ちだったが、汚いものにでも触《さわ》るように、指先だけで服をつまみあげることで我慢をした。

のろのろとした足取りで、イヴリンにエスコートされて二階にある公演会場にむかう。待合室もかねた広い廊下《ろうか》を進むと、会場となっている中広間に観客達はすでに出入りしていた。開演までにはまだ一刻ほどあったが、すでに開場となっていたようだ。

中広間には窓はなかったが、ガス照明が点《とも》されていた。白いクロスをかけた円卓が均等に配置され、椅子が五つ置かれていた。最奥《さいおう》に緋色《ひいろ》の毛氈《もうせん》を敷いた舞台が設《しつら》えられ、端のほうで数名の男性楽士達が調律を行っている。

従業員はイヴリンの顔を見ると、あたり前のように最前列の席に案内した。舞台に近い五人掛けの円卓を、ナクシュデルとイヴリンは二人で占領《せんりょう》する。猫脚《ねこあし》の椅子に腰を下ろしたナクシュデルはようやく足の疲れから解放され、ほっと一息つく。

「ワインかなにかを持ってこさせましょうか？」

優しげな声にナクシュデルはぎくりとして顔をあげる。隣席《りんせき》のイヴリンは、女であればたいていの者がうっとりと見惚《みと》れるような微笑を浮かべている。

胸に荒い風が起きた。ナクシュデルが反発していることは、イヴリンも分かっているはずだ。それなのにこんな白々《しらじら》しい気遣《きづか》いを見せる。嫌われていることも、憎《にく》まれていることもなんとも思っていない。ある意味、尊敬に値する神経だ。吐《は》きそうなほど気分が悪くなってきたのは、締めあげたコルセットのせいだけではないだろう。

「ええ、お願いします」

腹立たしげに言うと、イヴリンは手をあげてウェイターを呼んだ。隙のない所作《しょさ》に苛立《いらだ》ちを覚えながら、ナクシュデルは先ほどの茶会での件を思案しはじめた。

（なんだって、あんなことを？）

オズトゥルク帝国に蹂躙《じゅうりん》された、クレボス人の寵姫――――そんな芝居《しばい》か三文記事のようなあおりかたをして、イヴリンにとっていったいなんの得があるというのだろう。

確かに革命軍を支援しているイヴリンにとって、オズトゥルク皇帝は追いつめるべき存在である。皇帝が国外に逃亡《とうぼう》する前であれば、民主化を後押しするため皇帝を糾弾《きゅうだん》する算段だとでも思えるのだが。

そのときガス照明が落とされ、室内がほの暗くなった。楽士達が音楽を奏ではじめ、舞台近くの入り口から踊り子が出てくる。会場はいっせいに拍手《はくしゅ》の渦で包まれた。

東方舞踊《ベリーダンス》特有の、臍《へそ》を出した扇情的《せんじょうてき》な衣装をつけたアイハンが舞台中央に進み出る。なかば勢いで手を鳴らしていた観客達は、照明の下であきらかになった踊り手の美貌に息を呑んだ。白磁《はくじ》の肌《はだ》に燃えるような赤い髪。成熟《せいじゅく》した肢体《したい》に金色の衣装をつけたアイハンの美しさは、たとえるなら黄金の彫像《ちょうぞう》だった。

ほんの二ヶ月前まで、あの美貌を愛《め》でることができる男は皇帝だけだった。いまはこのように肌もあらわな姿で万人《ばんにん》の目にさらされている。複雑な思いでいるナクシュデルの耳に、冷ややかな声が飛びこんだ。

「さすがに皇帝の寵姫だったというだけはありますね。大変な美人だ」

意外な賞賛の言葉に、ナクシュデルは驚いてはすむかいに座るイヴリンを見る。

目があうと、彼は同意を求めるような口調で言った。

「惨《みじ》めなものですね」

「え？」

「ああいうふうには、なりたくないでしょう？」

頭が真っ白になり、瞬きもせずに目の前の男を見つめる。やがてゆっくりと思考が戻ってきたが、だからこそ自分が聞き違えたのかと思った。

なにを言っているのだろう、この人は。およそまともな神経を持つ者とは思えない。

ナクシュデルの強張《こわば》った顔をどう受け止めたのか、イヴリンはくすっと笑った。

「一言言っておきましょうか。いくら美しくても一度他人の手垢《てあか》がついた女など、まともな嫁《とつ》ぎ先はありませんよ」

「……………」

テーブルクロスの上に置いたこぶしが小刻みに震《ふる》える。タイミングよく給仕が置いたワイングラスをつかんで、顔に引っかけてやりたい衝動《しょうどう》を抑《おさ》えるのに必死だった。

「大丈夫ですよ。同じクレボス人として、あなたのことはきちんと保護してあげます。あんなはしたない格好《かっこう》で、興行《こうぎょう》などしなくてもすむようにね」

まった。

その瞬間、ワイングラスに手が伸びかけた。

だが蔑むようなイヴリンの眼差しに、自分のほうが冷水をかけられたかのように手がと
まった。

――一度他人の手垢がついた女など。

それが、世間の本音なのだ。

事実だけを言えば、ナクシュデルは皇帝に召されていない。だが後宮にいたという事実だけで、世間的には十分〝傷物〟なのだ。

リュステムの両親が、ナクシュデルを息子から遠ざけようとしたことはとうぜんだ。

革命軍の最高司令官という立場を慮《おもんぱか》っただけではなく、単純に息子を〝傷物〟の女との醜聞《しゅうぶん》から守ろうとしたにちがいない。そしてリュステム自身もナクシュデルの立場に同情はしていても、傷物と見ていることに変わりはない。

そんなふうに思うと、怒りがみるみるうちに消沈《しょうちん》へと変わってゆく。

うなだれたナクシュデルを、イヴリンは満足げに一瞥する。

追《お》い討《う》ちをかけるように、彼はさらになにか言いかけた。しかし楽士達がいっせいに音楽を奏ではじめたことで、興《きょう》ざめたように口をつぐむ。

――一度他人の手垢がついた女。

イヴリンの口から出たときはなんとも思わなかった言葉が、リュステムのことを思いだ

したとたん、まるで巨大な岩のようにナクシュデルの胸を重くする。

傷物であろうとなんであろうと、他人にそしられるような謂《いわ》れなどなにもない。そんなごく正当な主張を、リュステムのことを思っただけで貫《つらぬ》けなくなる。イヴリンの口から出た言葉になど、心を揺らがせたくはないのに――。

「ご覧《らん》なさい、あなたの同僚《どうりよう》ですよ」

冷ややかな声音にナクシュデルはのろのろと舞台に顔をむける。

打楽器と弦楽器《げんがつき》で奏でられる情熱的な音楽にあわせて、アイハンは踊りはじめた。

機械仕掛けの人形のように規則的に下半身がうごめき、そのたびに腰につけた飾り帯が生きもののように揺れる。小刻みに素早く動く下半身とはちがい、上半身、特に手の動きはまるで這《は》う蛇《へび》のようになめらかだった。

先刻までのイヴリンに対する怒りも忘れて、ナクシュデルはアイハンに魅《み》せられていた。

(なんて、綺麗なんだろう……)

ため息をつくように思う。室内の照明はガス灯《とう》のぎらぎらした明かりではなく、オイルランプの橙《だいだい》色の明かりに変更されていた。それがアイハンの白磁の肌を照らしだし、妖《よう》艶《えん》な踊りもあって、まさに黄金の彫像が動いているさまを連想させた。観客にむけられる彼女の緑の瞳はとても蠱惑《こわく》的《てき》で、見る者を挑発《ちようはつ》しているようにさえ見えた。

やがて最初の踊りが終わり、会場はいっせいに拍手に包まれた。後宮に対する好奇心《こうきしん》で

集まっただけの観客は、まちがいなくアイハンの踊りと美貌に魅了《みりよう》されていた。

喝采《かつさい》の中、踊り終えた彼女は額に汗をにじませながら、きれいに紅《べに》を塗《ぬ》った唇《くちびる》で優雅に微笑んだ。その姿におのれの境遇《きようぐう》を恥じるような素振りは微塵《みじん》もうかがえない。それどころか後宮で磨きあげた美貌と舞踏の腕が、万人の評価に値することを誇《ほこ》っているようにさえ見える。

そのときのアイハンの姿は、確かにナクシュデルの心に一筋の光明《こうみよう》を与えた。

後宮で培《つちか》ってきたことは無駄《むだ》ではない。

少女達に読み書きや計算を教えたいと思ったのは、同じ境遇の者に対する同情もあった。だがなにより、七年間の月日を無駄の一言で片付けたくなかったから。自分がしてきたことを誰かに伝え、そして価値を認めてもらいたいと思ったからだ。

――だってみんな、あんなに一生懸命生きていたのだから。

いつのまにかナクシュデルの頬《ほお》を涙がつたう。

割れんばかりの拍手の中、ナクシュデルは瞬きもせずにアイハンの姿を見つめていた。

それからひと月の間、ナクシュデルはイヴリンに連れ回された。

最初の茶会と同じように、晩餐会《ばんさんかい》、公演、果ては舞踏会というあらゆる社交場で、イヴリンは名士達にナクシュデルの保護を依頼した。

そのたびに〝皇帝の寵姫〟という身分があきらかにされ、一身に同情を集める。

しかも社交場には新聞記者や、時には大衆紙の記者までもが来て、あることないことを悲劇的に、ときには面白おかしく書きたてるから、いまやナクシュデルは、オズトゥルクにおけるクレボス社交界のみならず、クレボス本国でも、知らぬ者はいないほどの存在なのだという。

「ご覧なさい。今日も〝黄金の寵姫〟の保護を名乗り出て、これほど郵便物が来ていますよ」

手ずから手紙の束を持参したイヴリンを一瞥すると、ナクシュデルは面白くもなさそうな顔で応じる。ちなみに〝黄金の寵姫〟というのは、大衆紙がつけたナクシュデルの呼《こ》称《しょう》らしい。

「それで、私をどなたに預けるおつもりなのですか？」

「ここで自分を安売りすることはありませんよ。できるだけ条件のよい方を吟味《ぎんみ》なさい。なにしろあなたの保護者としての立場を手に入れられれば、クレボス社交界のみならず、ベレンギ王国でも慈善家《じぜんか》として名をあげることができるのですから。従来の貴族達はもちろん、社交界に打って出ようという新興の事業家達もいくらでも条件を吊りあげますよ」

得意げなイヴリンに、ナクシュデルはあ然とする。ナクシュデルはクレボス語やベレンギ語の読み書きはできないから、自分にかんする記事を読んだことがなかった。よもや自分の知らないところで、そこまで大袈裟《おおげさ》なことになっていたとは。

ひょっとして社交場を連れ回されたのは、このためだったのだろうか。

ならばイヴリンなりに考えがあってのことなのかと思いはしたが、それでもやはりこんなやり方はさらし者のようで居たたまれなかった。

とはいえ逆らう術はなかったし、勇気もなかった。そんなことを言える立場にもない。

旧宮殿での保護があてにならないと分かったいま、ここを追い出されてしまえば路頭に迷うことは目に見えている。アイハンの堂々とした姿に感銘《かんめい》を覚えはしたものの、あれは同じ立場にある者同士の憐憫《れんびん》にすぎない。

いざとなったら身売りをしてでも生きていける——一時はそこまで決意をしたナクシュデルだったが、逃亡した皇帝の元寵姫という存在を、世間がどう見るかを知ってしまったいまでは、すっかり臆《おく》してしまっていたのだ。

(大体、寵姫じゃないし……)

かといってそんなことを声高に叫んでも、いまさら信じてもらえるはずもない。

なにより純潔を主張するというやり方が、先日のイヴリンの発言——一度他人の手垢がついた女——に賛同《こうてい》するようで、猛烈《もうれつ》に嫌悪感を覚えていた。

(あんな言葉を肯定《こうてい》するぐらいなら、百戦錬磨《ひゃくせんれんま》の悪女と思われていたほうがマシよ!)

ぎりっと唇をかみ、少しだけ強気な心を取り戻したナクシュデルに、イヴリンは小動物でも愛でるような目をむける。

「それとすぐに迎《むか》えが来ますから、仕立屋のほうに行ってください」

大きく瞬きをしたあと、ナクシュデルは声を大きくする。

「また？　先日も一枚仕立てたばかりじゃない」

「あれはアフタヌーンドレスです。今度必要なのはイブニングドレスです」

「……どうちがうっていうのよ」

辟易しつつつぶやく。週一、二回は社交場に連れ出されているが、ほとんど同じものを着た記憶がない。官舎に住むようになって二ヶ月足らずだが、洋服簞笥《だんす》の中は西洋風の衣装であふれかえらんばかりだ。

「今回はいままでのパーティーとはちがいますよ。なにしろクレボス王太子《おうたいし》に謁見《えっけん》するのですからね」

耳を疑うような顔をするナクシュデルに、イヴリンは冥利《みょうり》につきる、と言わんばかりの顔でうなずく。

「たまたまクランノープにいらっしゃる予定がおありだったのですが、世間でのあなたの評判をお聞きになられて、この機会にぜひ会いたいとご希望されています。殿下《でんか》のお母様はクレボス貴族ですから、クレボス人だというあなたの境遇をお聞きになって、なおさら親しみを抱《いだ》かれたのかもしれません」

どう反応してよいのか分からずにいるところに、叩扉《こうひ》の音がした。イヴリンは扉のほうに目をむけ、楽しげに言った。

「迎えが来ましたね。クランノープ一の西洋服の仕立屋に、金額に糸目はつけないように依頼していますから、あなたもそのつもりでお願いしますよ」

王太子という単語にしばし呆然としていたナクシュデルだったが、われを取り戻すとむらむらと反発心が芽生えてくる。

そのつもりって、どんなつもり。他人の財布を使って服を仕立てることに、少しでも遠《えん》慮《りょ》すると思っているの？　あんたの懐《ふところ》が痛むことに、そんな遠慮なんかするはずないじゃない。そもそもクレボス王太子と言ったって、半分はあんたと同じベレンギ人だし。それにいくら母親がクレボス人だからといって、王族の分際で貧民に親しみを抱くなんて、世間知らずにもほどがある――などとナクシュデルは心の中で毒づいていた。

車寄せから無蓋《むがい》馬車で門の外に出ると、すかさずフラッシュがたかれる。基本的には社交場への出入りを禁止されている大衆紙の記者だった。いまや世間のヒロインとなりつつある〝黄金の寵姫〟の写真を掲載《けいさい》すれば、売り上げ向上に貢献《こうけん》するのだろう。最初の頃はあわてたが、外出するたびにこの調子ではもはや驚く気力さえ失せる。向かいの席に座っている付《つ》き添《そ》いの家政婦長もとがめだてひとつしない。暗黙《あんもく》の了解というやつだろう。そうでもなければわざわざ無蓋馬車になど乗せるはずがない。

（つまり私の存在を、世間にもっとあおりたいということね）

そうやって悲劇のヒロインを演出すれば、保護者はさらに名乗り出る。その中にはさらに条件のよい保護者がいるかもしれない。そんなふうに考えれば腹も立たないと、ナクシユデルは自分を説得する。

がらがらと轍《わだち》の音をたてながら、馬車は通りを抜けてゆく。

仕立屋は、先日茶会が行われたホテルの半地階にあった。

西洋服を仕立てる店が、外国人を対象にした高級ホテルの中にあることは、なるほど理《り》に適《かな》っている。しかも西洋諸国の中でも、こと服飾においては常に最新の流行を牽引《けんいん》しているると言われるヴィエンヌ共和国の首都から呼び寄せた仕立屋なのだという。

洗練されたドレスを身につけた女性店主は、タフタ、本繻子《サテン》、シフォン、シャンタンなどの絹織物《きぬおりもの》を、部屋の半分を占めるような卓の上に広げはじめた。

後宮で高価な衣装を見慣れていたナクシュデルの目にも、十分適う品揃《しなぞろ》えだった。

けれどナクシュデルに選ぶ権利はなく、いっさいの責任を任《まか》された店主がナクシュデルの襟元《えりもと》に生地《きじ》をあてがい、もう一人の女性従業員と論議しながら勝手に決めてしまっていた。どのみち西洋服のことなどよく分からないから、それはそれで助かるのだが……。

生地が決まったあと、ナクシュデルは一人応接室に通された。

契約や支払いの打ち合わせをする間、ここで待っているようにとのことだった。何十という生地をあてがわれ、すっかり疲れ果てたナクシュデルは、ゴブラン織りのソファにぐったりと身をもたせていた。

「失礼します」

鈴をふるような声に顔をあげると、濃紺《のうこん》に白い襟のついたワンピースを着た少女が盆《ぼん》を持って入ってきた。白の陶器《とうき》の碗《わん》からは湯気が立ちあがっている。茶を持ってきたということは、まだしばらく待たされるのかとうんざりしたときだった。

「ナクシュデルさん！」

盆を持った少女が驚きの声をあげた。

ナクシュデルは軽く瞬きをして、栗色の巻き毛の少女を凝視《ぎようし》する。

「あなた？」

「そうです、お邸《やしき》で読み書きを教わっていた者です」

目を輝かせる少女は、かつてナクシュデルが読み書きを教えていた一人だった。

特に貧しい娘の一人で、日雇《ひやと》いで掃除や子守をすることでなんとか生活していると聞いていた。ときにはゴミ拾いまで余儀《よぎ》なくされたという境遇が、かつての自分を思い起こさせて、特に気にかけていた少女だったのだが。

「あなた、ここで働いているの？」

信じがたい思いで尋ねると、少女は誇らしげにうなずいた。

「はい、ナクシュデルさんのおかげです。読み書きができることを理由に採用してもらえました」

食料倉庫で会ったときとは別人のように、清潔《せいけつ》で礼儀正しくなっている。きちんとした仕事を得たことが、彼女を洗練させたにちがいない。

胸の奥から熱いものがこみあげてきて、知らず声が上擦《うわず》っていた。

「わ、私がいなくなったあとも、みんな、手習いをつづけていたの？」

「はい、メルエムが率先してくれて。それにお邸の若様も、ときどき教えてくれました」

「……………リュステムが？」

彼の名を声に出すと、感極《かんきわ》まって言葉がつづかなくなる。

家に帰る間もないくらいに忙しいリュステムが、わずかな時間を割《さ》いて、そんなことをしてくれていた。

――まいったな、そんなこと考えたこともなかった。

あの力ないつぶやきは、明日のコメを配ることは考えても、彼らが自分で買えるようにすることは考えたことがなかったという、思慮《しりょ》の甘さに対する自責《じせき》だった。

――ひとつの体制を壊《こわ》したからには、陰で泣く人間がかならずいることを、行動を起こした人間は忘れてはいかんよ。

かつてアブデュルが言った言葉を思いだす。

皇帝を追放し、後宮を解散に追いこんだ側であるリュステムは、そのことを痛感しているから、追いやられた側に報《むく》いるためにも、かならず革命を成功させようと決意をしていた。革命とは政権を得ることだけではなく、まして施《ほどこ》しをすることでもなく、目の前の貧しい人達をもっと根本的なところから救うためのものだ。

「リュステム……」

声が震えた。それ以上なにか言ったら泣きだしてしまいそうだったから、あわてて口元を手でふさいだ。

「ええ、若様は本当に素敵な方ですね。この国の大統領になるのは、あの方のお父さんだって聞いたのですが、きっと立派な方ですよね」

希望に目を輝かせる少女に、ナクシュデルの胸は熱い思いでいっぱいになる。

後宮が解散したって、女達が生きていける世の中を作るために革命は起きたのだ。

いまはごく少数の中だけかもしれないが、リュステムはきっと自分が気づいた思いをみなに伝えてくれるだろう。自分がいなくなったあとも少女達に学ぶ場所を提供し、ときには自ら指導までしてくれたリュステムに、ナクシュデルはその思いを確信した。

(他人の施しを受けなくたって、生きていける世の中は近づいているんだ)

奔流《ほんりゆう》のような思いが胸にこみあげる。

迷いを振りきると、ナクシュデルは立ちあがった。

「ナクシュデルさん？」

「ありがとう、あなたのおかげで勇気が出たわ」

「？」

「いいから、お茶を置いたら気がつかないふりをして出て行って」

茶目っ気たっぷりの表情で、軽く手を振って追いやるような素振りをすると、何事か悟《さと》ったのだろう。少女は目をあわせないようにして一礼すると、そそくさと出て行った。

少女が仕事場に戻った頃を見計らい、ナクシュデルは扉を開いた。廊下を挟んで応接室の向かい側が商談室だ。ほの暗い廊下は突きあたりが店舗《てんぽ》になっており、明るい光が差しこんでくる。店舗を出れば、そのままホテルのロビーにつづく階段へとつながっている。

ナクシュデルは廊下を進み、胸を張って店舗に入った。

従業員の一人が怪訝《けげん》な顔をするが、平然を装って答える。

「退屈《たいくつ》なので、ロビーを見学してきます」

疑うようすもない従業員達の間をすり抜け、ナクシュデルは難なく店舗を出た。

螺旋《らせん》階段を駆け上がり、ロビーにたどりつく。オズトゥルクの装いや西洋風の装いをする者達がごったがえす中、一目散《いちもくさん》にフロントに走る。見るからにどこかの令嬢《れいじょう》といういでたちの少女の息せききった姿に、受付の男性は目を丸くする。そんな眼差《まなざ》しにかまわず、化粧板の上に手をついて、身を乗りだすようにしてナクシュデルは言った。

「すみません、馬車を一台呼んでください」


いきなり飛びこんできたかつてのライバルに、目下クランノープで話題の美貌の踊り子は目を丸くしていた。

「ていうか、よく私がここにいることが分かったわね」

瞳と同じ翡翠色のブラウスに深い鳶色《とびいろ》の脚衣《きゃくい》をはいたアイハンは、空色のシフォンに白のレース飾りをつけたドレスを着たナクシュデルをまじまじと見つめた。

衣装だけではなく、清楚《せいそ》と艶冶《えんや》という対照的な美女二人がむきあう姿は、傍《はた》から見たらさぞ眼福《がんぷく》な光景だっただろう。しかし二人の口から出る言葉は、彼女達の美貌を完全に裏切るものだったのだが。

「ホテルでもらったチラシに、アイハン様の連絡先が書いてあったんです。三番街の集合住宅にお住まいだって……」

「別に〝様〟なんかつけなくてもいいわよ。もう後宮は解散してしまったし、私もあんたも等しく元奴隷よ」

思ったよりさばさばした口調に、ナクシュデルはふいをつかれた顔をする。

そんな表情を鼻白《はなじろ》んだ顔で一瞥したあと、面倒《めんどう》くさそうにアイハンは言った。

「なんの用？　そんな可愛《かわい》らしい格好で。お気に入り様から踊り子にまで落ちぶれた私のことを馬鹿にしに来たの？　それなら〝胸が小さい〟と言ったことぐらいは謝るわよ」

最後の一言にナクシュデルはかっとして反論する。

「わざわざそんなことを言うためだけに、馬車代を使って来るほど酔狂《すいきょう》じゃないわよ。これからは、明日のコメの心配をしなきゃいけない身なのに！」

今度はアイハンのほうが、不意打ちをくらった顔をする。

一拍《いっぱく》おいてから、不思議そうに口を開く。

「明日のコメの心配って、あの金髪男はあんたのパトロンじゃないの？」

再会した状況を考えればとうぜんの誤解に、ナクシュデルは猛然《もうぜん》と噛《か》みついた。

「パ、パトロン？　冗談《じょうだん》じゃないわ。あんな男の妾《めかけ》だなんて、死んでもごめんよ！」

パトロンといえば芸術や企業に対する支援者のことを指す場合もあるが、この場合はあきらかにちがう。声を荒らげるナクシュデルにアイハンはたじろいだようだったが、かまわず叫びつづける。

「私はね、たとえこの世に生き残った男があれ一人だって言われても、だったら一生処女のままでいてやるって思うぐらい、あの男が嫌いなの！　あんな男の妾になるぐらいなら、つぶれたひき蛙《がえる》に頬ずりしたほうがまだマシだわ」

まくしたてるナクシュデルに、押されながらもアイハンは辛《かろ》うじて反論を試みる。

「そ、そこまで、嫌わなくても。けっこう、というか、かなり美男子だったと思うけど」

「性格がこのうえなく悪いのよ！　さすがのあんたもびっくりするぐらい」

「どういう意味よ！」

危うくつかみあいになりかけたが、寸前《すんぜん》でおたがいに理性が働いた。

二人して相手の顔を一瞥し、ふんっと同時に鼻を鳴らす。

「じゃあ、なんの用事なの？」

壁際に積み上げたクッションにふんぞりかえるようにしてアイハンは訊《き》いた。

興奮から立ち戻ったナクシュデルは、頼みごとをするには最悪の展開に持っていってしまった自らの失態《しったい》に気がついた。とはいえいまさら殊勝になったところで、かえって警戒されることは目に見えている。開き直ったナクシュデルは、あたかも商談を持ちかけるようなしたり顔で話しかけた。

「私と組まない？」

アイハンは翡翠色の瞳をぱちくりさせる。そんな反応は最初から予想ずみだったので、勢いで押すようなつもりでナクシュデルは身を乗りだした。

「私は吟詠《ぎんえい》もウードの演奏も得意よ。踊り子の相棒《あいぼう》として悪い相手じゃないでしょう」

ようやく意味が分かったのか、アイハンはなるほどとうなずく。

「確かにそうだったわね。踊りは色気のかけらもなかったけど、吟詠とウードは名人級だったわ」

色気のかけらもないという余計な一言にむっとしかけたが、そこは辛うじて抑える。

アイハンは腕組みをしたなりで、ナクシュデルを値踏《ねぶ》みするように見上げていたが、やがてぽつりと尋ねる。

「黄金の寵姫と騒がれるのが嫌《いや》で逃げ出してきたの？」

「……………」

それはまちがいなく、クレボスの大衆紙で出回っているナクシュデルの通称《つうしょう》だった。

なぜそれを？　という顔をするナクシュデルを、アイハンは鼻で笑う。

「そりゃ知っているわよ。クレボス人向けの大衆紙なんて、クランノープでは普通の新聞と同じ感覚で手に入るんだから」

言われてみればもっともな台詞だが、ナクシュデルはどう答えてよいのか分からなくなる。実際は寵姫ではなかったのにそのように書きたてられ、かつそれを本当の寵姫に知られてしまうなんて気まずすぎる。

押し黙ってしまったナクシュデルに、アイハンは小さく息をついた。

「気の毒にね。まちがいなく処女なのに、世間ではすっかり傷物扱いされて」

同情とも厭味《いやみ》ともつかぬ口調に、ナクシュデルは目を丸くする。

だがアイハンの翡翠色の瞳は、純粋な同情の光に満ちていた。そのことに気がついたナクシュデルは、世間一般ではアイハンもまちがいなく〝傷物〟とされていることを思いだしたのだった。

――一度他人の手垢がついた女。

イヴリンの言葉を思いだしたとたん、頭の奥でぽっと火が点《とも》ったような気がした。

「自分が関わっていない昔のことをごちゃごちゃ言うやつらなんて、こっちから願い下げよ」

強い口調で言うと、アイハンは驚いた顔をする。彼女はさぐるような眼差しでナクシュデルを見てから、やがておもむろに尋ねた。

「そんな相手だから、飛び出してきたの？」

「それだけじゃないけど、私は自分の昔を誰にも否定《ひてい》されたくなかったの」

きっぱりとナクシュデルは言った。

「ホテルで踊っていたあんたは本当に綺麗だった。あそこまで上達するのに、あんたがどれだけ努力してきたのか、あたしは知っている。だってあたしもそうだったから。一人の人間が一生懸命してきたことを、傷物という言葉だけで否定なんてさせない」

一息に叫んだので、言い終えたあと息が切れた。肩を上下させるナクシュデルを、アイハンはなにか思うように見つめていたが、やがてぽつりと言った。

「それで綺麗な服を捨ててまで、飛び出してきたの」

アイハンの眼差しは、ナクシュデルが身につけている空色のシフォンのドレスにむけられていた。領事館に滞在してから、ほとんど毎週のように作っていたドレスの数々は、一枚が一般家庭の月収にも値するような金額だった。

「この服を売ってお金をつくるから、しばらく泊めてくれない？」

襟元についた繊細《せんさい》なレース飾りを指でつまみあげながら言うと、一瞬きょとんとした顔を見せたあと、アイハンは悦《えつ》に入った笑みを浮かべた。

「気に入ったわ。何日でも泊まっていきなさいよ」

事実上の承認の言葉に、ナクシュデルは瞳を輝かせた。

「ありがとう。それでさっそくだけど、手紙を書く道具を一式かしてくれない」

いきなりの依頼にアイハンはさすがに閉口した顔をする。

「……本当に着の身着のままで飛び出してきたのね」

「この服も正式には私のものじゃないんだけど、慰謝料《いしゃりょう》としてもらっておくわ」

どこまでも図々《ずうずう》しいことを言うナクシュデルに、アイハンは呆れ顔のまま立ちあがり、片隅《かたすみ》にあった小さな箪笥から便箋《びんせん》と封緘紙《ふうかんし》を持ってきた。近頃は封筒という小さな紙袋も出回っているようだが、一般にはまだまだ馴染《なじ》みが薄かった。

真鍮製《しんちゅうせい》の円卓に上半身を伏《ふ》せるようにして手紙を書いていると、ソファに座っていたアイハンが「誰宛《あ》て？」と尋ねた。

円卓から顔をあげたナクシュデルは、木製軸《じく》のペンを持ったまま答えた。

「クレボス領事館に、私を紹介してくれた人。不義理の詫びと、無事でいるってことだけでも知らせておかないと」

とはいえ紹介してくれたナシム夫人はエミュエットにいるはずだから、手紙の受取人は必然リュステムになる。そのあたりを計算して、自分の居場所をイヴリンに知らせないで欲しいと付け加えた。さすがにイヴリンから加えられた精神的圧迫《あっぱく》まで書き連ねる気にはならなかったので、そこにかんしてはいっさい触れなかった。

事情はあとで話すと言ってアイハンを納得させると、ナクシュデルは管理人の息子に小銭を与えて、手紙を届けさせたのだった。

第四章

アイハンの部屋に転がりこんでから四日がたった。

その日の午後、アイハンの要望《ようぼう》、というより事実上の命令で、ナクシュデルが珈琲《コーヒー》を淹《い》れていると、とつぜん呼び鈴《りん》が鳴った。弱火で煮立てるオズトゥルク式の珈琲は、丹念《たんねん》な泡《あわ》取《と》りが命だ。このタイミングで応対になど出られるはずがない。

「ちょっと出てよ。いま手が離せないんだから」

居間でふんぞりかえって水煙草《みずたばこ》をくゆらすアイハンに、なかば怒ったように呼びかけると、開け放たれた扉《とびら》越《ご》しに面倒《めんどう》くさそうに腰をあげる彼女の姿が見えた。台所も含めて三部屋の住宅の間取りは、玄関《げんかん》から入ってすぐに居間で、横が台所、最奥《さいおう》が寝室《しんしつ》である。

居《い》候《そうろう》の身としてはしかたがないが、ナクシュデルは食事や掃除《そうじ》などの家事全般を請《う》け負《お》っている。リュステムのところでメルエムと料理長に習ったことが、よもやこんな形で役に立つとは思ってもいなかった。

ひと煮立ちさせた珈琲を、あらかじめ泡を淹れていた碗にそそぐ。

香りも泡の具合も満足な出来栄《できば》えの珈琲に、嬉《うれ》しくなってぽっと頬《ほお》を赤くした。

「よし、完璧《かんぺき》」

「その完璧な珈琲、もう一杯淹れてくれない？」

いとも簡単に言われた言葉に、ナクシュデルは勢いづいてふりかえる。

「簡単に言わないでよ。完璧がそう何度も……」

最後まで言うことができなかった。

アイハンの後ろに立っていたのは、リュステムだった。

軍服ではなく、たっぷりとゆとりを持たせた藍《あい》色の上下にくすんだ臙脂《えんじ》の帯を結び、丈《たけ》の短い上着を羽織《はお》るという、オズトゥルク男子の普段着姿である。

「ど、どうして？」

それきり言葉がつまってしまう。

驚きと不安と、そして喜び。そんなさまざまな感情が一緒に押し寄せてきて、自分が言いたい言葉と気持ちが分からなくなる。色々と考えたあげく一緒にいるわけにはいかないと、断腸《だんちょう》の思いで彼のもとを離れたはずなのに、その理性を再会の喜びが押し流し、そして喜びに不安が影を落として理性を呼び戻す。

あきらかに動揺《どうよう》するナクシュデルをどう思ったのか、リュステムは憮然《ぶぜん》として答える。

「別に不思議なことはない。住所は手紙を届けにきたやつに聞いた」

「そ、そりゃ、別に口止めはしなかったけど」

「だったら、驚く必要はないだろう」

要領《ようりょう》を得ないナクシュデルの発言に、若干いらついたようにリュステムは反論する。

いや、どうしてここが分かったのかではなく、どうして来たのかを知りたいのだ。

なにしろ息子との噂《うわさ》を懸念《けねん》して、ナシム夫人はナクシュデルをイヴリンに預けたのだから。ここでリュステムが自分を訪ねてきたのを誰かに見られたら、彼のもとを離れた甲斐《かい》がなくなってしまうではないか。

そのことに気がついたとたん、ナクシュデルは反射的に叫んだ。

「驚くわよ、大体なにしに来たのよ？」

頭ごなしに言われリュステムは、少し傷ついた顔をした。

ずきりと心が痛んだが、それでも強気な態度でナクシュデルはつめよる。

「アブデュル中尉《ちゅうい》の言葉を忘れたの？　私との噂がこれ以上広がれば、事はあんた一人の問題じゃなくなるのよ。自分の立場が分かっているの？　あんたのお父さんは、次期大統領候補なんでしょう？」

父親のことを言われたとき、リュステムは針でつかれたように顔をしかめた。

その反応に今度は心が重くなった。

「少しは、落ちつきなさいよ」

二人の間に割って入るようにして、アイハンが言った。

彼女は腕組みをしたなりで、とがめるようにナクシュデルを見下ろす。

「せっかく来てくれたのに、なんていい方をするのよ。まったく躾《しつけ》の悪い子ね」

かっとしてナクシュデルは言いかえす。

「どうせ、エセナ地区の貧民街《ひんみんがい》生まれよ。いざとなったらゴミ拾いだってしたわ」

「それがなによ、私なんかルテアニ地方の貧農出身よ。落《お》ち穂拾《ぼひろ》いは恒例《こうれい》行事だし、不作の年は団栗《どんぐり》のパンだって、葡萄《ぶどう》の根まで食べたわよ」

豊かな胸を誇示《こじ》するように、アイハンは上半身をふんっとそらした。

たがいに貧乏自慢《じまん》をはじめた二人の美女の間で、上流階級出身の青年は、大変に居心地の悪い面持《おもも》ちで立ち尽《つ》くしていた。しかし見当違いの方向で熱くなる二人に、このままでは埒《らち》があかないと懸命《けんめい》にも思いなおしたようだった。

「バートランド卿《きょう》が、躍起《やっき》になってお前を捜しているぞ」

前置きもなにもなしにいきなり切りこまれ、一瞬なんのことかと思った。

一拍おいてバートランド卿がイヴリンのことだと気がついたとたん、ものすごい剣幕《けんまく》でナクシュデルはまくしたてた。

「ちょうどよかった。あのいけ好かない男に伝えてちょうだい。いままでご飯を食べさせてくれてありがとうございました。お世話になった日々は忘れませんが、あなたのことはもう忘れていました。あなたも遠慮《えんりょ》なく私のことは忘れてください」

「そんな失礼な伝言ができるか！」

リュステムのもっともな主張に、アイハンが隣《となり》でうんうんとうなずく。

とはいえ彼女はナクシュデルの言い分も先日すでに聞いていたので、まあまあとなだめるようにリュステムに話しかけた。

「えっと、リュステム少尉だったわね。この娘《こ》の説明不足を考えれば怒るのも誤解するのもあたり前だけど、そこは躾が悪い子だから我慢《がまん》してやってちょうだい。色々理由はあるのだけど、とりあえずこの娘は、つぶれたひき蛙《がえる》に頬ずりしたほうがまし、というくらいにバートランド卿とかいう人が嫌いらしいのよ」

説得力があるのかないのかはともかく、猛烈《もうれつ》に〝嫌い〟という熱意だけは伝わってくる言葉に、リュステムは眉間《みけん》にしわを寄せる。

そこで三人は、アイハンの提案により居間へと場所を変えた。

円卓を挟《はさ》んでリュステムがソファに座り、ナクシュデルとアイハンが絨毯《じゅうたん》に座る。

短い思案のあと、腹をくくったようにリュステムは言った。

「実はバートランド卿に、お前から連絡が来たということは、まだ知らせていないんだ」

ナクシュデルは瞳をぱちくりさせる。確かに居場所は知らせないで欲しいと書いたけれど、躍起になって捜しているという経緯《けいい》から、無事だということは知らせているかと思っていたのだ。リュステムの性格からして、イヴリンを安心させるためにそれぐらいは教えているだろうと思っていた。

「お前がいなくなってすぐに、卿は軍部にいた俺のところまで駆《か》けこんできた。そのときお前の手紙はもう家に届けられていたようだが、俺は軍にいたのでまだお前の行方《ゆくえ》を知らなかった。だから行き先の見当はつかないと言うと、彼はひどく憔悴《しょうすい》していたぞ」

「それはクレボス王太子《おうたいし》に会わせるという目論見《もくろみ》が、ぱあになりそうだからよ」

別に自分を心配してのことじゃない、と暗に匂《にお》わせて言うと、リュステムは驚きに目を見開いた。

「二週間後の訪問にあわせてか？」

「そうよ、よく知って……、ってあたり前よね。あんたは国防軍将校なんだから」

おのれの迂闊《うかつ》ぶりに照れつつ言ったナクシュデルだったが、気難しい顔で考えこむリュステムに首を傾《かし》げる。

「どうしたの？」

「私も訊《き》きたいわ」

それまで黙《だま》っていたアイハンが口を挟んだ。

「革命で混乱しているこの時期に、しかも皇帝はいないのに、いったい王太子は誰に会いに来るのよ？」

言われてみればもっともな疑問だ。

それにしても、三年間もっとも皇帝の近くにいたアイハンは、それなりに政治面に対する知識も持ちあわせているようだった。

「父と会談するためだ」

あっさりとリュステムは言ったが、逆にナクシュデルのほうがたじろぐ。

一国の王太子が指導者に会談を申しこんだということは、少なくともクレボス王国は革命軍を国家の機関として承認したことになる。もちろんクレボスの背景にはベレンギ王国の存在があるから、それはベレンギの意図《いと》でもあるのだろう。

ナクシュデルはため息をついた。

「すごい……」

「サドリ将軍は、いよいよ大統領になりそうね」

アイハンの言葉にリュステムは面白くもなさそうに顔をそむける。

彼女のいまの言葉は、思いの他ナクシュデルの胸の深いところに突き刺《さ》さった。

（やっぱりリュステムは、大統領の息子になるんだ……）

いよいよ世界がちがう人になってしまう――家柄や育ちの段階ですでに分かっていたことなのに、あらためて思うとさらに気持ちが重くなった。

「おい」

呼びかけにナクシュデルははっとして顔をあげる。

見るとリュステムが、不安と不機嫌《ふきげん》が入り混じったような顔でこちらを見ていた。

「どうしたんだ?」

ナクシュデルはリュステムの表情に隠された意図が読めずに、少し混乱する。

「べ、別に、ちょっとびっくりしただけよ。それにしても王太子殿下《でんか》は、そんな立派《りっぱ》な目的があったのね。私に会わなくても無駄足《むだあし》を踏《ふ》むわけじゃないのなら、別に良心の呵責《かしゃく》を覚えることもないわ」

わざとらしく明るい声でナクシュデルは言う。イヴリンの顔をつぶしたことはなんとも思わないが、会いたいと思ってくれた王太子には悪いかなと、少しは思っていたのだ。

とはいえ王太子がそう思ってくれる理由が〈黄金《おうごん》の寵姫《ちょうき》〉という詐欺《さぎ》まがいの呼称《こしょう》のせいなのだから、やっぱり会わないほうが正解だろうとあらためて自分に言い聞かせる。

「それが、ちょっと解《げ》せないんだ」

ぼそりとリュステムが言った。見ると彼はひどく気難しい顔で考えこんでいる。

ナクシュデルとアイハンは顔を見合わせる。

二人の疑問に答えるように、リュステムは口を開いた。

「半世紀前の独立戦争以前から、オズトゥルクとクレボスの関係はけして良好ではない」

両国の経緯を考えればとうぜんのことである。なにしろ古《いにしえ》のクレボス王国は、四百年前オズトゥルク帝国に滅《ほろ》ぼされ、クレボス人は長い間自国を持てなかったのだ。

現在のクレボス王国は、半世紀前の独立戦争で勝ち取った新興国《しんこうこく》である。

両国民の間にある対立感情は根深いだろう。

二人の女性が納得《なっとく》したことを確認してから、リュステムは話をつづける。

「お前の事情がクレボス国民の同情を集めているのは、クレボスのオズトゥルクに対する反発感情が根底にあることはまちがいない」

そこでリュステムは一度言葉を切り、言いよどむように間をおいた。

訝《いぶか》しげな顔をするナクシュデルを前に、リュステムは再度口を開いた。

「クレボスからの情報だと、国内ではお前への同情と、革命で混乱しているというオズトゥルクの現状があいまって、これを機会に宣戦しようという声が高まっているそうだ」

「はあぁ？」

思わず声をあげるナクシュデルの横で、アイハンが冷静に語る。

「それは、オズトゥルクの革命軍を支持しているクレボス王には好ましくない事態なのね」

アイハンの言葉にリュステムはうなずいた。ナクシュデルはアイハンの聡《さと》さに感心させられる。後宮にいたときは立場がちがいすぎてろくに話したこともなかったが、やはり美しさと閨房芸《けいぼうげい》だけでは、お気に入り様を三年もつづけられない。

それにしても元ベレンギ王子だという現クレボス王が、革命軍を支持していたとは知らなかった。そういえば革命前の青年党の集会に、イヴリンが顔を出していたとアブデュルが言っていた。あれは国王の指示を受けての行動だったのだろうか。

「でも、クレボスは一年前、サロニカでオズトゥルクに敗れたばかりじゃなかった？　それなのにもう戦争をしかけてくるの？」

「だから国王は、オズトゥルクに友好的なんだよ」

なるほど、と思うようなことをリュステムが言った。

ようは戦争をしかけても、現状のクレボスの戦力では勝てないから友好的だということか。もちろんその気になれば、ベレンギ王国の尽力《じんりょく》を得ることはできるだろう。けれどクレボス国王としては、自国を戦場にすることはできるかぎり避《さ》けたいということだろう。

そこまで考えてナクシュデルは、ふと閃《ひらめ》くように思いついた。

「ひょっとして私に会えないことは、クレボス王太子にとってまずいことなの？」

ナクシュデルの問いに、リュステムはなんとも言えないというように答える。

「クレボス貴族を母に持つ王太子レオンティウスは、ベレンギ支配に反発するクレボス人からの支持が高い。彼はお前に会うことで、ベレンギとオズトゥルクの双方《そうほう》に反発するクレボス国民の心をつかもうとしているんじゃないのか」

想像もしなかった言葉にナクシュデルは青ざめた。

クレボス国内で高まる、オズトゥルクへの宣戦への声。王太子との謁見は、その声を抑《おさ》えるために計画された。すなわち戦《いくさ》を防ぐためのものだったのだ。

ナクシュデルは腰を浮かすようにして、立ちあがりかけた。

「あ、あたし、領事館に戻るわ」

「別にあんたが嫌なら、そんな義理立てする必要はないわよ」

おびえるナクシュデルに、事もなげに言ったのはアイハンだった。

驚くナクシュデルに、アイハンはまるで鬱憤《うっぷん》を晴らすように言った。

「理由や目的はなにひとつ説明しないで、ただ飾りたてて、美味《おい》しいものを食べさせておけば満足すると思っているなんて馬鹿《ばか》にしているわ。子供じゃあるまいし、十六にもなった女がそれだけで満足するはずがないじゃない。あんたが逃げだすのはとうぜんよ。それでオズトゥルクとクレボス、ひいてはベレンギの間に戦争が起こったって、あんたが責任を感じることなんかないわよ」

辛《しん》らつではあるがアイハンの言い分はもっともなものだった。

王太子との謁見の理由をきちんと説明してくれれば、たとえイヴリンのことをどれほど嫌っていようと、せめて謁見までは逃げ出すことを我慢しただろう。

だからといって、このまま開戦の可能性を黙って見過ごすなど無理に決まっている。

ものすごく腹は立つし、イヴリンのもとに戻るなんて死ぬほど嫌《いや》だけど――――。

「そ、そりゃあ腹は立つけど、だからって本当に戦争になったら――――」

そこでナクシュデルは、一度言葉を切った。

一年ほど前、サロニカ地方で紛争《ふんそう》があったことをナクシュデルは知らなかった。

だけどどんなに世間知らずでも、戦争や紛争がどんな結果を招《まね》くのかぐらいは分かる。

「関係ない人が、いっぱい犠牲《ぎせい》になるわ」

しごく単純な言葉に、それまで強気を保《たも》っていたアイハンもさすがに神妙《しんみょう》な顔をする。

二人のやり取りを黙って聞いていたリュステムが、おもむろに呼びかけた。

「ナクシュデル」

「なに？」

「俺はお前のそういう部分を、尊敬しているぞ」

照れたようすなどいっさいなく、真正面から挑《いど》むようにしてリュステムは言った。

ナクシュデルは小さく息を呑《の》み、同じように正面からリュステムを見返した。

（尊敬している？）

幾人《いくにん》もの高官を輩出《はいしゅつ》した名門の子息が？　士官大学に在学中で、将来の高官の地位を約束されている人が？　なにより近々にも大統領に就任《しゅうにん》するであろう人の息子が、貧民街で生まれ育って、奴隷《どれい》として売り飛ばされて、世間的には〝傷物〟扱いされている十六歳のなにも持っていない娘のことを――。

とくんと胸が鳴った。

「あ、ありがとう………」

しかし次の瞬間《しゅんかん》、ひやりとした思いがこみあげる。

それきり言葉がつまってしまう。怪訝《けげん》な顔をするリュステムから、ナクシュデルはそっと視線をそらした。対して彼がどんな顔をしたのか、目をそらしてしまったので分からなかった。

素直に感動することが怖かった。これ以上リュステムの人柄に惹《ひ》かれてしまったら、なにか取りかえしのつかないことになりそうだと、もう一人の自分が警告していた。

胸の奥でもやもやと渦巻《うずま》く思いを押さえつけて顔をあげると、正面のリュステムは傷ついたような顔をしていた。彼の表情にナクシュデルははっと胸をつかれる。

「あ……」

「それにしてもバートランド卿は、どうして〈黄金の寵姫〉などと、こいつをあおりたてたんだろう？」

解《げ》せないというようにリュステムが言った。すでに彼は表情を平静に戻しており、問いはむしろアイハンにむかってされたものだった。世間知も含《ふく》め、アイハンのほうが的確な意見を出すことは確実だっただろう。

「確かにね」

眉間にしわを寄せ、アイハンは軽くうなった。

クレボス社会に渦巻く反オズストゥルクの感情を抑えるための謁見とは言うが、そもそも、ナクシュデルの存在を世間に知らせなければ、最初から問題はなかったのだ。

イヴリンがナクシュデルの境遇《きょうぐう》を世間にあおり、そのことでクレボス社会にさらなる反オズストゥルクの気運を高めた。だからクレボス国王は息子である王太子をナクシュデルと会わせて、世間の声を抑えなければならなくなった。

「私を世間に紹介したのは、保護者を募《つの》るためだって言っていたけど……」

「だったらもう少しましなやり方があるでしょう。これから結婚の機会もある十六歳の娘に対するやりかたじゃないわよ」

腹立たしげにアイハンが言った。まあ確かにそうだが、ナクシュデルはもともとイヴリンのことをなにか欠落している人間だと思っていたから、そのあたりはあまり疑わなかった。それこそアイハンが言ったように、綺麗《きれい》な服と食べ物を与えてやれば満足するとでも思われていたのだろう。

とはいえ現状を考えれば、イヴリンの行為はまちがいなく失策だ。

それを取りかえそうと、躍起になってナクシュデルを捜しているのだろうか？

（それにしては王太子との謁見を言ったとき、ずいぶん得意げだったわよね）

自分の失策の尻拭《しりぬぐ》いで、王太子がナクシュデルと会わざるをえなくなったのなら、いくらなんでもあんな顔はしないだろう。

「引っかかるな、少し調べてみるか」

気難しい顔でのリュステムのつぶやきに、ナクシュデルは物思いから立ちかえる。

たがいにうなずきあうリュステムとアイハンの間に、身を乗りだすようにしてナクシュデルは言った。

「やっぱり私、バートランド卿のところに戻るわ」


リュステムに付き添《そ》われて戻ってきたナクシュデルに、イヴリンは露骨《ろこつ》に安堵《あんど》の表情を浮かべた。やはり王太子との謁見がご破算になることを恐れていたのだろう。リュステムに何度も礼と詫《わ》びを繰《く》りかえすイヴリンに、ナクシュデルは思った。

なにしろこの段階で、イヴリンはナクシュデルに対して怒りや厭味《いやみ》のようなことを一度も言っていない。もちろんリュステムへの手前もあるのだろうが。

(やっぱり、反オズトゥルク感情をあおる結果になったことを、反省しているのかしら)

釈然《しゃくぜん》としないながらも納得しかけていたときだった。

「おい」

肩を軽く小突かれて顔をむけると、横でリュステムが目配せをしていた。ナクシュデルはあわてて、深々と頭を下げた。

「本当に申しわけございません。これまで受けた数々の恩を、あだで返すような真似《まね》をいたしました。バートランド卿はさぞお怒りのことと存じます。いかようにお詫びをしても償《つぐな》いきれるものではないと痛感いたしております」

ここに来る途中、馬車の中で何度も暗唱してきた詫びの言葉を述べる。

心にもないことを心をこめて言えるはずなどないのだから、暗記でもしていなければとても言える台詞ではなかった。

女優のような気持ちのまま、ナクシュデルは光にむかうように顔をあげた。

「私が甘かったのです。卿のおっしゃったことはすべて事実でした。それを真に受けず勝手に飛び出してしまって、あげくわずか五日で、おのれの浅はかさと世間の風の冷たさを身をもって知る結果となりました。こうして卿の前に立つと、あなた様の思慮深《しりょぶか》さが思い越こされて、そのぶんおのれの浅はかさが悔《く》やまれてなりません」

そこでナクシュデルは祈るように両手を組み、瞳を潤《うる》ませてイヴリンを見た。あっけに取られるイヴリンに気づかれぬよう、リュステムがそっと舌を出したさまが見えた。なにしろリュステムは来るときの馬車の中でも、ナクシュデルの口からイヴリンのことを、つぶしたヒキガエルより嫌いだとしっかり聞いていたのだ。彼からすればまさしく、舌の根も乾かないうちにというところだろう。

かまわずナクシュデルは、傍目《はため》にはそれらしい熱演をつづける。

「どうぞ私をお許しください。そして図々《ずうずう》しい願いだと承知してはおりますが、以前のように保護をお願いできないでしょうか。ここ数日で十分分かりました。後宮で贅沢《ぜいたく》を知ってしまった私は、もう貧しい生活に耐《た》えることはできません」

それまでいくぶん疑わしげな顔をしていたイヴリンだったが、最後の一言で口元に会心の笑みを浮かべた。その反応を〝らしすぎる〟と思いつつも、ナクシュデルは判決を待つ人のように顔を伏せ、殊勝《しゅしょう》な態度を装った。

即答《そくとう》をしないイヴリンに、横からリュステムが援護射撃《えんごしゃげき》をする。

「バートランド卿、彼女は本当に反省しています。私からもよく言い聞かせました。どうぞ今回だけは、私に免じて赦《ゆる》していただけないでしょうか？」

イヴリンは目の前で頭を下げる二人を交互に見比べた。

「ナクシュデルさん、どうぞ顔をおあげなさい」

機嫌のよい声に従い、ナクシュデルは顔をあげた。

イヴリンはまるで励《はげ》ますような笑みを浮かべている。

「リュステム少尉《しょうい》にここまで言われては、とても断ることなどできませんよ」

イヴリンの表情からは、もはやナクシュデルに対する怒りも疑いも見受けられない。

だがそれは信じたというより、馬鹿にしているというべきなのだろう。

――後宮で贅沢を知ってしまった私は、もう貧しい生活に耐えることはできません。

綺麗に着飾って、美味しいものを食べさせておけば満足すると思っている。

そんな男だから、先刻の台詞《せりふ》はなにより効果的だったのだ。もちろんそんな思いはおくびにも出さず、ナクシュデルは歓喜《かんき》に満ちた瞳でイヴリンを見つめた。

「ありがとうございます。なんとお礼を申しあげてよいか……」

感極《かんきわ》まったふうを装い、言葉を途切れさせる。これ以上大袈裟《おおげさ》な台詞を繰りかえせば、かえって白々《しらじら》しく取られてしまいそうだったから、あえてここで口をつぐんだ。

「本当に、私も卿の寛大《かんだい》さには敬服いたしました」

心にもないリュステムの発言をどう思ったのか、イヴリンは口角を少し持ち上げた。

「とんでもないです、少尉。貴官《きかん》こそご自分のお立場もかえりみず、か弱き女性のために自《みずか》ら出向かれるとは、お若いのに本当に義侠心《ぎきょうしん》にあふれるお方だ」

リュステムの表情が硬《かた》くなった。リュステムの両親は、息子が噂をたてられることを憂《ゆう》慮《りょ》してナクシュデルをイヴリンに預けたのだ。その実情を考えれば皮肉にとれる発言だ。

リュステムは少しばかり声を強張《こわば》らせた。

「それでしたら、王太子殿下との謁見の重要性を認識して、勇気をもってあなたのところに戻ってきた彼女にこそ言ってあげてください」

ナクシュデルは軽く目を見開く。

一瞬イヴリンは鼻白《はなじろ》んだ顔をしたが、すぐに表情を取りつくろって言う。

「おや？　先ほどはずいぶんとご謙遜《けんそん》なさっておられましたが、本当はそんな立派な志《こころざし》をお持ちだったのですね」

ぎくりとするナクシュデルの横で、リュステムは針でつかれたように顔をしかめる。

そんな二人の反応に、イヴリンは楽しげに微笑《ほほえ》む。

「ナシム夫人から、少尉は王太子殿下と同じ十九歳だとお聞きしておりますが、ぜひご友人になっていただきたいものです。実はまだ公表されておりませんが、殿下は来季からクランノープ帝国大学……、もしかしたら近々にクランノープ大学に名称《めいしょう》が変更されるかもしれませんが、留学するご予定なのですよ」

思いがけない話にナクシュデルもリュステムも驚いた顔をする。

もしその留学話が本当なら、クレボス国王が親《しん》オズトゥルクという話はまちがいなく真実なのだろう。それは開戦を避けたいオズトゥルクにとって、心強い話にちがいない。

あんのじょうリュステムは先刻までの硬い表情を、少し和《やわ》らげた。

「それが実現しましたら実に喜ばしいことです。私はクランノープ士官大学の学生ですから、そう頻繁《ひんぱん》にお会いすることは叶《かな》わないかもしれませんが、王太子殿下のことは同じ年齢と聞いて以前から親わしく存じておりましたので、友人として親しくさせていただけるのなら光栄なことです」

そつなくリュステムは言ったが、王太子に対して〝友人〟などという言葉がさらりと出てくるあたり、やはり世界がちがうとしか思えなかった。

たがいの腹の中はどうあれ、リュステムとイヴリンは穏《おだ》やかに会話をつづけている。

ぎこちなかった空気が和らぎはじめ、それを見計らったようにリュステムは暇乞《いとまご》いをした。玄関まで見送ろうとしたナクシュデルとイヴリンに、リュステムはここでよいと応接室を後にしようとする。すんなりとした背中をくるりとむけられ、ほとんど反射的にナクシュデルは身を乗りだした。

「あ、あの」

呼びかけに、扉を開きかけていたリュステムは半身をねじった。

アーモンド型の黒い瞳に見つめられ、思わずナクシュデルは息をつめた。

「なんだ？」

短くリュステムは問う。冷静な声音《こわね》にナクシュデルはわれにかえる。

「ア、アイハンに、よろしく言っておいて」

リュステムは虚《きょ》をつかれたような顔をして、だがすぐに顔のそばで〝まかせろ〟というように、小さくこぶしを握《にぎ》りしめた。

ぱたりと扉が閉じる音に、ナクシュデルの胸に猛烈な後悔《こうかい》がこみあげた。

ちがう、あんなことを言いたかったわけじゃない。アイハンには言うべきことはすべて言ってきた。だけどリュステムには言うべきことを半分も言っていない。

それも、ちがう――。

言うべきことを半分ではなく、本当に言いたいことをひとつも言っていないのだ。

だけど言ったところで、どうなるというのだろう。

「本当に、絵に描いたような上流階級の子息ですね」

小さな傷口になにかを差しこまれ、無理やり広げられたような衝撃《しょうげき》に一瞬だけ止まった鼓動《こどう》が、やがてばくばくと早打ちをはじめる。そっと胸元を押さえ、小さく息を吐《は》いて気持ちを落ちつけようとする。

抗議《こうぎ》も動揺もしてはいけないし、その気配《けはい》も見せてはいけない。

だって、私とリュステムはなんでもないのだから。

自分に言い聞かせ、ナクシュデルは顔をむける。平静を装いつつも心持ち青ざめた面差《おもざ》しに、イヴリンは小気味よさそうな笑みを浮かべている。

「あなたは思ったよりも、賢明《けんめい》な娘さんでしたね。彼のところを離れて私のもとに戻ってきたことは、かしこい選択《せんたく》ですよ。同じ未来が望めない人と共にいることは、まったくもって時間の無駄ですから」

頭の芯《しん》の部分がかっとなり、なにごとか叫《さけ》びそうになる。

が、腹の上でこぶしを握りしめ、そうしたい気持ちを辛《かろ》うじて抑える。

「なにをおっしゃっているのか、私には分かりません。いまだから申しあげますが、先刻少尉がおっしゃったように、私が王太子殿下とお会いすることが、オズトゥルクとクレボスの平和につながると、彼に説得されたから戻ってきただけです」

つんとして言うと、イヴリンはひょいと肩をすぼめた。

芸当をうまくこなした犬に、いかにも感心したというような素振りだった。

「ずいぶんと立派な志をお持ちですね。貧民街で生まれ育ったとご謙遜するわりには」

「戦争が起こればみなが苦しむことぐらい、子供だって分かります。むしろやんごとない身分の方々が、なぜそれも分からずに性懲《しょうこ》りもなく戦争を繰りかえし、さらに貧民を痛めつけようとするかのほうが、私には理解しかねます」

冷ややかながらも挑むように言うと、イヴリンは眉間にしわを刻んだ。

短いにらみあいのあと、彼はやれやれというように両の手のひらを上にむけた。

「とにかく、あなたがその気になってくれたことはよかった。先日採寸した衣装もできあがっていますから、ぜひとも客達に目の保養をさせてやってください」


クレボス王太子とオズトゥルク革命軍最高指導者サドリ将軍の会談は、いまは主《あるじ》のいなくなった新宮殿で行われることになった。

会場にこの場所が選ばれたことには、二つの意味があった。

皇帝《こうてい》から新政府に速《すみ》やかに政権移譲《いじょう》が行われたことと、この国はもはや皇帝は不在で、共和国建国のために着々と足場が固められていることを、国民及び世界に知らしめるためである。

サラス海に面して立つ総大理石造りの新宮殿は、九年間過ごしてきた場所だった。にもかかわらずナクシュデルは、今日はじめて正門から前庭に入ったのだった。

大通りに面した正門は、公的空間に直結するため、原則として女性は立ち入れない。

広大な宮殿内部は、公的空間と皇帝の私的空間に分かれており、後宮は私的空間に位置するため、後宮の女たちの出入りは専用の裏門を使っていたのだ。

車寄せまで馬車で乗りつけ玄関ホールに入ったナクシュデルは、噂に聞いていた巨大な丸天井に描かれたフレスコ画に圧倒《あっとう》された。海の女神を描いた天井画は、新宮殿を建造させた五代前の皇帝が、外国から著名《ちょめい》な画家を呼んで指導させたのだと聞いている。

「早くおいでなさい。王太子殿下はもうお待ちですよ」

天井画を見上げるナクシュデルに、イヴリンが冷ややかに呼びかける。

高揚《こうよう》した気持ちに水をさされ、ナクシュデルは不満げに頬《ほお》を膨《ふく》らます。とはいえここで反抗的な態度を見せては、目論《もくろ》んでいる計画がご破算になってしまうので、ぐっと耐えた。

（いくら平和的活用だからって、ただで利用されたりするものですか）

おのれを物品扱いしながら、鼻息荒く、ナクシュデルは自分を叱咤《しった》する。

本当はこんな男のところになど、絶対に戻りたくはなかった。だが自分が王太子と会わなければ、開戦につながりかねないというのならしかたがない。

（王太子と会ったら、こんな服はすぐに脱《ぬ》いでやるんだから）

相変わらず息も苦しくなるほど締《し》めあげられたコルセットの上から着た衣装は、白のタフタに、瞳と同じ青のシフォンの胸飾りと上スカートを重ねたドレスだった。シフォンには濃《こ》い青の糸でびっしりと刺繍《ししゅう》が施《ほどこ》してある。金に糸目はつけないと言っただけのことはあり、うっとりするような豪華《ごうか》さだが、イヴリンの指示で着ていると思っただけで、すぐに脱ぎ捨てたくなってしまう。

宮殿の玄関ホールの先には、水晶《すいしょう》の欄干《らんかん》がきらめく赤い絨毯を敷《し》いた巨大な階段が設《しつら》えられていた。同じ宮殿内に住んでいたとはいえ、後宮しか見たことがなかったナクシュデルは、歩いている間中ずっと目を奪《うば》われ通しだった。

王太子と将軍の会談は、あの階段をのぼった先にある、二階の大使の間《ま》で行われるのだという。さすがに宮殿中央の『帝王の間』を使うことは、旧体制派の反発を考えて諦《あきら》めたようだ。

その二時間前に行われる謁見は、一階にある談話室を使うと聞いた。

玄関ホールから正面にそびえる水晶階段を迂回《うかい》して、一階の廊下を進む。正門やホールは国防軍の兵士が警備《けいび》を固めていたが、廊下に入ると一転して閑散《かんさん》としている。

リュステムの父であるサドリ将軍は、まだ到着していない。特別列車で来ると聞いているが、警備の兵は駅のほうにさかれているのだろう。確かにナクシュデルとの謁見は、あくまでも王太子の私的な要求にすぎないのだが。

（それにしても王太子がいるっていうのに、ずいぶんと手薄な警備ね）

先を行くイヴリンの後ろ姿にナクシュデルはぼんやりと考える。エスコートという形で腕《うで》を握ることをナクシュデルが嫌がったので、今回はこういう形になったのだ。自分が嫌われていることは、イヴリンもわきまえているようだ。エスコートもなく女性が一人で歩くなど、ベレンギをはじめとした西洋諸国では淑女《しゆくじよ》らしからぬふるまいだそうだが、そんなことはどうでもいい。そもそもオズトゥルクでは、配偶者《はいぐうしや》以外の男の腕を取るほうこそ、はしたないとされることなのだから。

名匠《めいしよう》の手によるものと思《おぼ》しき絵画《かいが》と、生花をふんだんに飾った廊下を進み、最奥に近い部屋の前でイヴリンは立ち止まった。ちなみにこの廊下をさらに先に進むと、後宮に通じる扉につながっている。

繊細《せんさい》な細工《さいく》を施した樫《かし》の木の扉をイヴリンが叩《たた》くと、中から柔《やわ》らかな声がした。

その声は思ったよりもずっと軽やかで、若々しさに満ちており、ナクシュデルは意外な気持ちになる。

「失礼します」

イヴリンは手ずから扉を押し開いた。中から誰も開けに来ないということは、王太子の側には従者もいないのだろうか？　まさか、という気持ちでイヴリンの背中越しに室内をのぞきこんだナクシュデルは、向かい側の壁の半分を占める、大きな硝子《ガラス》扉から差しこむ陽光に目をすがめる。

一瞬の間をおいてから取り戻した視界には、かつて見慣れた光景が広がっていた。

金色の枠《わく》を使った硝子扉は、テラスにつながっていた。

化粧石を敷きつめたテラスの先には、抜けるような青空と、それ以上に濃く青いサラス海が広がっていた。後宮の露台《ろだい》から何度も見ていた景色だったが、こうして久しぶりに見ると、やはり息を呑むほどに美しい。

「本当に美しい宮殿ですね」

穏やかな声にわれにかえって室内を見回すと、中央より少し右手に設えられた応接椅子《いす》に一人の青年が腰を下ろしていた。

一目見ただけで王太子だと分かった。イヴリンの従弟《いとこ》にあたるという青年は、彼によく似ていた。すなわち大理石の肌に白金《はっきん》の髪、くすんだ空のような灰色の瞳。

だがその瞳はイヴリンとはまったくちがい、無邪気《むじゃき》で、まるで幼い少年のように輝いていた。

そのうえ体格はずいぶんと細身で、リュステムと同じ歳《とし》だと聞いていたが、まだ十六、七歳のような印象を受けた。

「どうぞ、前に」

イヴリンに促《うなが》されてナクシュデルが進むと、かちゃりと扉を閉める音が背後でする。王太子は立ちあがり、ナクシュデルの前まで歩み寄った。

手を伸ばせば触《ふ》れられるほどの距離を残すと、王太子は親しげに言った。

「あなたが世間で評判の〝黄金の寵姫〟ですか？」

屈託《くったく》なく尋《たず》ねられ、ナクシュデルはふいをつかれたようにあわてて頭を下げる。

両の手を腹の前で組んでほとんど直角まで頭を下げたナクシュデルに、イヴリンは軽く眉《まゆ》をひそめた。実は今日のために、領事館で家政婦長から西洋風の礼のしかたを習っていたのだが、とっさのことでついオズトゥルクの作法を取ってしまったのだ。

しかしイヴリンが気分を害したことに、あわてていたナクシュデルはまったく気がつかなかった。いっぽう王太子は、どこから見ても完璧な西洋風の美少女が、異国的な作法を身につけていることにかえって興味をそそられたようだった。彼は灰色の瞳に素直な好奇《こうき》心《しん》を湛《たた》えてナクシュデルを見た。

ナクシュデルは顔をあげると、心持ちはにかんだふうを装って言った。

「お恥《は》ずかしゅうございます。そのようにきらびやかな名称で呼ばれていることなど、私はいっこうに存じませんでした」

「そのようなご謙遜を。こうして実物にお会いして、なるほど確かに〝黄金〟に輝く女性だと納得いたしました」

「そんな、もったいないお言葉でございます」

無難《ぶなん》に返しつつもナクシュデルは、王太子の出方をさぐった。

王太子の目的は、世間では〝オズトゥルクに翻弄《ほんろう》された〟とされているナクシュデルを懐柔《かいじゅう》して、クレボス国内に渦巻く反オズトゥルクの風潮《ふうちょう》を抑えることにあったはずだ。

その目的を考えればあたり前だが、いまのところ王太子の態度は友好的だ。

だが基本的に彼が勘違《かんちが》いをしているのは、ナクシュデルはオズトゥルクを恨《うら》んでもいないし、翻弄されたなどとかけらも思っていないことである。

確かに奴隷売買は、近代の人権思想からすると許されない制度である。

だが両親の顛末《てんまつ》を考えれば、結果として後宮に売り飛ばされたことがナクシュデルの生命を救ったのだ。

それに後宮はなくても、クレボスにもベレンギにも貧困《ひんこん》はかならずあるはずだ。

奴隷でなくても、後宮の寵姫でなくても、両国にだって身を売らなければ生きていけない女性は山のようにいるだろう。

そして戦争は、そんな貧しい女性をさらに増やす。

「実は私、殿下におもてなしを用意してまいりました」

とつぜんの申し出に、横で聞いていたイヴリンは訝しげな顔をする。同じように不思議な顔をした王太子は、しかし警戒したようすも見せずに尋ねた。

「それは光栄なことです。いったいなにを用意してくださったのですか」

「よろしければ今宵《こよい》のサドリ将軍との晩餐《ばんさん》で、私の友人の舞《まい》をご覧《らん》いただきたいのです。ひょっとしたら殿下も名前をお聞き及びかもしれませんが、クランノープで目下評判の、アイハンという名の東方舞踊家《ベリーダンサー》です。実は彼女とは、後宮にいたときからの友人なのです」

アイハンと友人になったのは後宮を出てからだが、経緯《いきさつ》を説明するのは面倒なのでそういうことにしておいた。後宮にいたときは、よもやこれほどあけすけな会話をするようになるとは、夢にも思わなかったが。

あんのじょう王太子は、驚きと好奇心に目を見開く。

「知っていますよ。近頃評判の方ですね。たいそう美しく、妖艶《ようえん》な舞い手で、公演チケットは瞬《また》く間に売り切れてしまうとか。あなたのご友人だったのですか？」

「はい。彼女は特別美しく陛下《へいか》のご寵愛《ちようあい》も厚い、いうなれば私の憧《あこが》れの女性でした」

アイハンが聞いたら、鼻白むことはまちがいない台詞である。

確かに〝お気に入り様〟の座に三年間君臨《くんりん》したアイハンは、後宮の女の羨望《せんぼう》を一身に受けていたが、同時に嫉妬《しつと》の的でもあったのだから。もちろんそんなことはおくびにも出さず、美しい友人を誇《ほこ》るようにナクシュデルは言葉をつづける。

「そのとき私もぜひ、後宮で習ったウードを演奏させていただけたらと考えております」

ナクシュデルが後宮やオズトゥルクへの敵意がないことを示すには、なかなか効果的な演出だろう。

あんのじょう王太子は灰色の瞳を輝かせた。

「それは素晴らしい。サドリ将軍もきっとお喜びになられますよ」

「それは困りますね」

冷ややかな声音にふりかえったナクシュデルは、衝撃に目を見開いた。

少し離れた位置に立っていたイヴリンが、銃口《じゅうこう》をこちらにむけていたのだ。

固く閉ざされた木製の扉を見たナクシュデルに、あざ笑うようにイヴリンは言う。

「声をあげても無駄だよ。王太子と私の間で秘密裏に話があると言って、人払《ひとばら》いをしておいた。兵達にも誰も入れないよう、きつく言いわたしている」

どうりで廊下のある地点から、警備の者がいなくなっていたことを思いだし、ナクシュデルは青ざめる。考えてみればクレボスの国民感情を抑えるための会談に、記者が一人も来ていないというのもおかしな話だったのだ。

「バートランド卿！　いったいなんの真似だ」

あまりのことに物も言えずにいたナクシュデルの後ろで、王太子が叫んだ。

イヴリンはうっすらと笑いながら、それでも銃口をしっかりとむけたまま言った。

「クレボスに戦争をする気になってもらわないと、わが国、ベレンギが困るんですよ」

想像もしなかった展開に、ナクシュデルは混乱する。

クレボス領事であるイヴリンの意図は、国王の意向を汲《く》んで、クレボスとオズトゥルク両国にある軋轢《あつれき》を鎮《しず》めることにあると思っていた。

だが彼のいまの発言は、その想像を大きくくつがえすものだった。

しかしイヴリンの目的がもともとクレボスとオズトゥルクの開戦を望んでいたのだとしたら、ナクシュデルを〝黄金の寵姫〟と世間にあおった理由も説明がつく。

（まさか……）

ナクシュデルが思いついたのと同時に王太子が叫んだ。

「それほどサロニカの海を、ベレンギの航路として使いたいのか？」

確信めいて言われた言葉に、ナクシュデルは一年ほど前サロニカの領土をめぐって、オズトゥルクとクレボスの間に紛争が起こったことを思いだした。

「ええ、あの海域が手に入れば、わが国から東方大陸への航路は、格段に短縮されますからね」

「ベレンギの利権のために、クレボスがこれ以上犠牲を強《し》いられるなど真っ平だ。父も、そして私も王太子として、ベレンギの〝開戦要請《ようせい》〟を承認するつもりはない」

向けられた銃口におびえることもなく、むしろ挑むように王太子は叫んだ。

つまり保護国、被保護国という関係にありながら、ベレンギとクレボスはかならずしも一枚岩ではなかったということだ。

――自分達の得になるから、ベレンギはクレボスに手をかしたんだ。

――半世紀前の独立戦争は、結局そういうことなんだよ。

先日聞いたリュステムの言葉を、ナクシュデルは思いだした。

ベレンギ王国はクレボスの保護という名目で、いまはずいぶん落ちぶれたとはいえ、東方の列強《れっきょう》であるオズトゥルクに侵出《しんしゅつ》する機会を虎視眈々《こしたんたん》と狙っていた。その第一陣がサロニカ紛争だが、これは敗れた。

「クレボスにはいま戦争をする余裕も気持ちもいっさいない。そんなことをすれば、民の生活はますます困窮《こんきゅう》してしまう。国民がいま望んでいることは、一刻も早くベレンギの保護下から脱《だつ》し、完全な独立国として成立することだ。そのためにも父陛下は、クレボス人の血を引く私の成人を待って、早々に譲位《じょうい》をする所存でおられる」

怒りをにじませつつも冷静な王太子の発言にナクシュデルは驚いた。

ベレンギ王子だというクレボス王が、よもやそんな奇特《きとく》なことを考えていたとは。

クレボス王として国家に尽くす決意の表れなのだろうが、それはベレンギ王国にとっては、けして好ましいことではない。

「そういう考えをお持ちの方に、王位に即《つ》いていただいては困るのですよ、わが国は」

薄ら笑いを浮かべたままイヴリンは言う。

「世間の同情を一身に集める〝黄金の寵姫〟が、オズトゥルクと友好を結ぼうとするクレボス王家の真意を知り、怒りと絶望から王太子を暗殺する。あげく自らも生命を絶《た》ったとすれば、クレボス国民の反オズトゥルク感情は頂点に達するでしょう」

「じゃあ、あんたが、リュステムが私を保護していると軍部に広めたのね」

ナクシュデルがイヴリンに預けられるきっかけとなった噂は、普通に考えれば軍部に伝わるはずはなかった。誰かが悪意を持って、故意に広げないかぎり――。

声を震わせるナクシュデルに、イヴリンは『ご名答』というように笑う。

怒りのあまり、ナクシュデルは一瞬思考を失いかけた。

「そして私亡きあとは、父の甥《おい》であるあなたが王位に即くということか？」

王太子の言葉に、ナクシュデルは思考を取り戻す。

よくそんな悪巧《わるだく》みを思いつくものだ。

イヴリンは鼻で笑った。

「相変わらず聡い方だ。従兄弟《いとこ》のベレンギの王太子殿下ほど凡庸《ぼんよう》であられたのなら、もっと長生きできたでしょうに」

「頭を下げて！」

とっさに怒鳴《どな》りつけられ、王太子は反射的に身をかがめた。ナクシュデルはくるりとイヴリンに背中をむけ、王太子におおいかぶさった。とつぜんのことにイヴリンも王太子も仰天《ぎょうてん》しているだろう。かまわずナクシュデルは、王太子を自分の胸に抱えこんだまま叫んだ。

「あんたの目論見《もくろみ》通りなんかにさせるものですか。さあ、撃《う》ってみなさいよ。自分で自分の背中を撃って、自殺なんかできるわけがないんだから！」

確かにナクシュデルの死を自殺に見立てるのなら、背中から撃つことはできない。

見えはしないが、イヴリンが歯軋《はぎし》りをするようすが目に浮かぶようだ。

「殺すなら殺しなさいよ！　でも、この人は殺させない！　この人はあんたとちがって、戦争をすればみんなが苦しむことを知っている。この人は未来の王として、いまのクレボスに必要な人よ！」

「ナクシュデルさん……」

呆然とした王太子のつぶやきが、顎《あご》の下で聞こえた。

そのとき視界の端できらりとなにかが光った。

反射的に顔をあげたのと同時に、遠くから声が聞こえた。

「ナクシュデル！　伏せろ」

ナクシュデルは反射的に、王太子を押し倒すようにして床に倒れこんだ。

次の瞬間、耳をつんざくような銃声《じゅうせい》と、すさまじいまでの破壊音《はかいおん》が響《ひび》いた。

イヴリンの絶叫《ぜっきょう》と、やがてぱらぱらとなにかが床に落ちる音がした。

顔をあげると、まるで星がきらめくように硝子片が部屋の中を舞っていた。

「な、なに？」

上半身を起こして見回すと、右手を押さえて床にうずくまるイヴリンの姿があった。

オズトゥルク特有の精緻《せいち》な紋様《もんよう》を織りこんだ絨毯の上に、硝子片に交じって赤い血がしたたり落ちている。見るとテラスへの硝子扉が、枠ごと粉々《こなごな》に割れていた。

なにが起こったのか分からないまま呆然としていると、下のほうから遠慮がちな声が聞こえた。

「す、すみません、ナクシュデルさん。降りていただけますか」

その声にナクシュデルは、自分が王太子に馬乗りになっていることに気がついた。

「ご、ごめんなさい！」

かっと頬が熱くなり、あわてて飛び降りる。王太子は素早く立ちあがり、扉の近くに飛ばされていた銃を拾いあげた。

「どういうこと……」

床に座りこんだまま、ナクシュデルがつぶやいたときだ。

テラスのほうからばたばたと足音が聞こえてきて、数名の若者が壊れた硝子扉のむこうから走ってきていた。白地に金釦《きんぼたん》が並んだ詰襟《つめえり》。国防軍の制服に身を包んだ青年達の中、先頭の青年の姿にナクシュデルは目を見開く。

「ナクシュデル！」

右手に短銃《たんじゅう》を持ったまま、部屋に飛びこんできた青年将校は安堵したようにナクシュデルの名を呼んだ。対してナクシュデルも信じがたい思いで彼の名を呼ぶ。

「リュステム、どうし……」

言い終わらないうちに、とつぜん視界が暗くなった。しゃがみこんだリュステムに抱きしめられていた。

「よかった、無事で……」

感極まった声は、頭の中で直接ささやかれているかのようだった。

両腕に閉じこめられるようにして抱きしめられ、押しつけられた胸からいくぶん速く打つリュステムの鼓動が聞こえてくる。

彼の不安と安堵が伝わってきて、ナクシュデルの胸は熱いものでいっぱいになる。

「うん。リュステムのおかげよ」

先刻の〝動くな〟という声はリュステムのものだったのだ。

テラスの外から、彼がイヴリンの銃を撃ち落としたのだ。

ほとんど無意識のうちに、ナクシュデルは自分の手をリュステムの背に回し、彼を抱きしめかえそうとした、のだが……。

「お取りこみ中、すまない」

頭上からの呼びかけに、ナクシュデルは伸ばしかけていた手をびくりと止める。リュステムもわれにかえったように、ナクシュデルを抱きしめる腕をゆるめる。

二人がそろって顔をあげると、そこには無駄に感情を抑えたアブデュルと、目のやり場に困った顔をする王太子が並んで立っていた。彼らの後ろのほうでは、若い兵達がイヴリンを拘束《こうそく》してテラスから外に連れてゆくところだった。見るとテラスに面した海に、小船がこぎつけてある。

「あ……」

小麦色の顔を赤くしたリュステムは、声を上擦《うわず》らせながら言った。

「お、王太子殿下、ご無事でなによりです」

「そういう台詞は、せめて抱きあうのをやめてから言え」

アブデュルのもっともな指摘に、リュステムの頬はさらに赤くなった。ナクシュデルも顔を赤くしたまま、こっそりとリュステムの腕から抜け出す。

「ありがとうございます、本当に助かりました」

ぎこちない空気を和《なご》ますように明朗《めいろう》な声で王太子が言った。

「あ、こ、こちらこそ……」

「いえ、こちらこそ警備に手抜かりがあったことをお詫びしなければなりません。ご存知の通りわが国も現在あわただしい状況で、貴国の情勢に調べがついたのがほんの数時間前だったものですから、結果として後手後手にまわってしまいました」

動揺を押し隠《かく》せないでいるリュステムをきれいに無視して、そつなくアブデュルが謝罪した。

「とんでもないです。貴国の混乱に乗じて、バートランドの姦計《かんけい》を許してしまったのは私達の落ち度です。そのためにナクシュデル嬢を怖い目にあわせてしまって」

そこで王太子はナクシュデルのほうに顔をむけた。

とつぜん彼はその場にひざまずいた。硝子片が散っているから危ない、と注意をする前にいきなり手を取られる。驚くナクシュデルを、王太子は感謝と敬愛《けいあい》を湛《たた》えた淡《あわ》い灰色の瞳で見つめた。

「あ、あの？」

「あなたの勇気と正義に、心から敬意と感謝の念を表します」

そう言って彼はナクシュデルの手の甲に恭《うやうや》しく口づけた。

（え、な、なに？　こ、これ――）

しばしあわてふためいたナクシュデルだったが、そういえば西洋風の作法を教えてくれた家政婦長から、相手に対する尊敬の念を表す行為《こうい》だと聞いたことがあった。

（あ、そ、そういうことか……）

思いだして納得はしたが、それでも慣れぬ状況にまだどきどきしている。手を離すと王太子は立ちあがり、なんとも艶《つや》めいた眼差《まなざ》しでナクシュデルを見つめた。見た目は十六、七くらいにしか見えない青年のかもしだす、大人びた雰囲気《ふんいき》にどきりとする。

とつぜん反対側の手をぐいと引き寄せられた。驚いて見ると、リュステムがひどく不機嫌な顔で手首をつかんでいた。あ然とするナクシュデルに、彼は怒ったように言った。

「行くぞ、アイハンさんが待っている」

アイハンの名前に、ナクシュデルは飛びあがった。

「そうだった、早く支度《したく》しなきゃ！」

その言葉を待っていたかのように、リュステムはナクシュデルの手を引いて、なかば引きずるようにして歩きだした。あわてて後ろをむくと、名残惜《なごりお》しいという顔をする王太子の横で、アブデュルがにやにや笑いながら手を振っていた。

廊下に出てからもぐいぐいと引っ張りつづけられ、ナクシュデルはついに悲鳴をあげた。

「ちょ、ちょっと、痛いって！」

その声でようやくリュステムは足を止めた。ナクシュデルは頬を膨らませたが、助けてもらったばかりでは、いつものように文句《もんく》も言いにくい。

そのうえリュステムは、いつまでもつかんだ手を放そうとしないのだ。

振りほどくのも悪い気がして、ナクシュデルは彼に手首を預けたまま、上目遣《うわめづか》いに尋ね

た。

「ねえ、なにを怒っているの？」

「別に」

ぶっきらぼうに言ったリュステムの頬は、少しだけ紅潮《こうちょう》しているように見えた。

それから二時間後、リュステムの父であるサドリ将軍が到着し、予定より三十分遅れで会談が催《もよお》された。終始和やかな雰囲気で進んだ話しあいが終わり、そのまま各国大使を招待しての晩餐会となった。

三百本の蝋燭《ろうそく》を使っているとされるシャンデリアが灯《とも》された大使の間は、まるで昼間のように輝いていた。ガス灯《とう》が普及《ふきゅう》していても、さすがにこの豪華なシャンデリアを下ろすことはできないようだった。

ちなみに皇帝が戴冠式《たいかんしき》に使っていたという〈帝王の間〉には、新宮殿落成のさいに、当時は王国であったヴィエンヌ共和国の国王から送られた、六百本の蝋燭を使ったシャンデリアが設置されているのだという。

クリーム色の塗装《とそう》に精緻な薔薇《ばら》の花を描き、金箔《きんぱく》の細工《さいく》を施した長い卓は二十人が一度に食事ができるほどのものだった。ゴブラン織りの布を貼《は》ったそろいの椅子、銀製のナイフとフォークは西洋風の習慣にならったものだったが、陶器《とうき》に盛られた料理は、みなオズトゥルクのものであった。

さまざまな豆類を使ったスープ。羊や牛、鶏肉《とりにく》などの肉料理にサラス海で採れる新鮮《しんせん》な魚介類を使った料理。肉や野菜をつめたパイにピラフ。果物の砂糖煮、薔薇やカミツレなどの花や、麝香《じやこう》や龍涎香《りゆうぜんこう》で香りづけをしたシェルベット等々である。

窓際《まどぎわ》では燕尾服《えんびふく》を着た、室内管弦楽団《かんげんがくだん》が音楽を奏《かな》でていた。

招待された大使達の大半が、西洋列強の出身であるのだから無難な演出だろう。

隣《となり》の控《ひか》え室から扉を細く開けて、ナクシュデル達は会場のようすをうかがった。

「なんだか、若様を囲む大量の執事《しつじ》って感じだな」

言いえて妙《みよう》なアブデュルの発言に、ナクシュデルとリュステムはぷっとふきだした。

中年から壮年の各国大使達の間にあって、十九歳の王太子はあきらかに浮いていた。しかも彼は実年齢より、二つ三つは幼く見えるのだからなおさらだった。

王太子の正面には、軍服に金色の飾緒《モール》と大量の勲章《くんしよう》をつけた男性が座っている。

（あの人がリュステムのお父さん……）

革命軍最高指導者サドリ将軍は、まだ五十にはなっていないように見えた。

遠目ではよく分からないが、リュステムはやはり母親似のようだ。将軍の黒い髯《ひげ》をたくわえた精悍《せいかん》な面差しは整っていたが、繊細なリュステムの顔立ちとは異なっていた。

（私がここにいるって知ったら、どんな顔をするかしら……）

きっとサドリ将軍にとってナクシュデルは、大切な息子をたぶらかした性悪女《しょうわるおんな》にも近い相手なのだろう。ある程度の事情はナシム夫人から聞いているだろうが、ともすれば息子だけではなく自分の失脚《しっきゃく》すら招きかねない存在なのだし。

滅入《めい》りそうになる気持ちを叱咤し、誰にともなくナクシュデルはつぶやいた。

「この曲が終わったら、行っていいのね」

「ちがう。王太子殿下が紹介をしてくださって、そのあとだ」

呆《あき》れながらもリュステムが冷静に突っこみ、周りにいた女達が小声でいっせいに文句を言いだす。

「ちょっとぉ。あんた、なにを聞いているのよ」

「ねえ、本当に大丈夫？」

「いい、もう一回確認するわよ。王太子様の紹介のあと、あたし達が出て前奏をして、アイハンの舞踏。そして最後にあんたのウード演奏と吟詠《ぎんえい》よ」

「分かっているの？　あんた一人が失敗したら、後宮全体の恥《はじ》になるのよ」

かつてのライバル達に囲まれつめよられ、ナクシュデルはウードを抱《かか》えこんで思わず身をすくめる。幸か不幸かナクシュデルは経験したことがなかったが、後宮名物と言われた〝つるしあげ〟とは、きっとこういったものなのだろう。

女達の剣幕に、リュステムとアブデュルなどすでに数歩引いているほどだ。

とはいえアイハンの呼びかけに応じて、今日のために集まってくれたかつてのライバル達は、みな相変わらず綺麗だった。旧宮殿で暮らす彼女達は、おそらく苦しい生活をしているのだろう。

だがそんな惨《みじ》めさを微塵《みじん》もうかがわせないほど、どの女性達の顔もきらきらと輝いている。

もちろん少し離れた場所で、涼《すず》しい顔で化粧直《けしょうなお》しをしているアイハンも例外ではない。黒地に金色の刺繍をした衣装をつけ、孔雀《くじゃく》の羽根を使った髪飾りをつけた彼女の美貌は、後宮でときめいた寵姫の時代となんら変わりがない。

信じていたものを否定され、頼りになるものを失い、自尊心を打ち砕《くだ》かれた彼女達を、今日のこの日まで支えてきたものはいったいなんだったのだろう。

やがて管弦楽の演奏が終わり、夜会服を着た王太子が立ちあがった。

とつぜん立ちあがった主役の青年に、卓を囲んだ大使達が軽くざわつきはじめる。

王太子は相席した客達をぐるりと一瞥《いちべつ》すると、穏やかな笑みをたずさえたまま言った。

「皆さん、今宵の晩餐会は私にとって、そしてわが祖国クレボスにとって、このうえなく特別なものとなりました。半世紀前の独立戦争以来、いいえ、ひょっとすると四百年前のクランノープ陥落《かんらく》以来かもしれません。わが国とオズトゥルクは、長年両国の間にあった怨恨《えんこん》を乗りこえるべくたがいに一歩を踏み出し、サロニカ地区への問題も含めまして、来月第一回の講和会議の場を設《もう》けることになりました」

そこで王太子が言葉を切ったので、大使達は彼が話を終えたのかと思って拍手《はくしゅ》をしようとした。しかし王太子は片手をあげて、それを制した。

「両国の友好関係の成立にかんしては、一人の勇気ある貴婦人の尽力をなくしては語れません。世間で〝黄金の寵姫〟と称されていた彼女は、まさにその呼称にふさわしい輝かんばかりの気高い心を持った女性でした。今宵は皆様に、彼女とその素晴らしきご友人達を紹介したいと思います」

王太子はよどみなく語ったが、大使達はまだ戸惑《とまど》っていた。それはしかたがないことだろう。なにしろ世間一般で〝黄金の寵姫〟は、オズトゥルク帝国に翻弄された悲劇の女性で、革命軍と敵対する旧体制派の人間だと思われているのだ。

オズトゥルク革命軍の最高指導者であるサドリ将軍を前にして、どのような反応をしたらよいのかみな迷っていたのだろう。

ところが王太子の前に座っていたサドリ将軍が、惜しみない拍手を送ったのだ。

自分の父親のような年齢の将軍に、王太子はまるで学友に対するような、愛嬌《あいきょう》のある微笑《びしょう》をむける。その反応に大使達は、この件について彼らの間で、なんらかの話しあいが行われていたことを知った。

晩餐会の会場はたちまち拍手喝采《はくしゅかっさい》に包まれた。

舞い装束《しょうぞく》に身を包み、得意楽器を手にした後宮の女達が、高揚した表情で舞台中央に歩み出る。特にアイハンが姿を見せたときは、世間の評判にたがわぬ美貌に大使達は拍手を惜しまなかった。

「いったい……」

あ然としてナクシュデルはつぶやいた。

「王太子が父に言ってくれたそうだ」

「え？」

リュステムの言葉にナクシュデルは小さく声をあげる。

会場からは後宮の女達が奏でる、なまめかしい東方舞踊《ベリーダンス》の音楽が流れてきていた。

「お前が生命《いのち》をかけて自分を助けようとしてくれたこと、それは単に忠義心や意地からくる無謀《むぼう》な行為ではなく、戦争を起こしたくないという強い意志に裏づけされての行為だった。今回の会談が成功したのはお前のおかげだと、言ってくれたそうだ」

ナクシュデルはぽかんとなり、次にあわてて会場のほうに目をむける。しかし視線が王太子の姿をとらえる前に、リュステムの声がナクシュデルの意識を引き戻した。

「お前は真の〝黄金〟の心を持った、寵姫だな」

胸の奥の深いところに落ちてきた言葉は、そのまま水が染《し》みるように心に広がった。

唇《くちびる》をうっすらと開けたまま、まじまじとリュステムを見上げる。

尊敬をこめた眼差しを率直にむけられ、ナクシュデルはおおいに焦《あせ》る。

なにを言ってよいのか分からず、しどろもどろのまま口を動かしてしまう。

「だ、だって、あたし傷物よ」

言うに事欠いてのろくでもない発言に、かたわらでアブデュルが軽く額を押さえた。

「せっかくこの堅物《かたぶつ》が、気が利《き》いたことを言ったのに。これだから若い女は……」

眉間にしわを寄せてため息をつくアブデュルを、リュステムは白い目でにらみつける。

短い沈黙《ちんもく》のあと、リュステムは気を取りなおすように軽く咳払《せきばら》いをした。

「個人的なことを言わせてもらえば、最後の相手になれるのなら、過去のことなんかどうでもいいけど……」

ぼそりとつぶやかれた言葉に、ナクシュデルは目を丸くする。

うっすらと顔を赤くしたリュステムは、それでも視線をそらすことなくナクシュデルを見下ろしていた。本当は恥ずかしくて目をそらしたいのだろう、でもそらさずにいてくれているのは、きっと彼が本当に伝えたいと思っていることだからなのだろう。

だからナクシュデルも、リュステムから目をそらさなかった。

見つめあっていた時間は、そう長い時間ではなかった。やがて演奏がやみ、割れんばかりの拍手が聞こえてきた。どうやらアイハンが踊りを終えたようだ。

「お嬢さんの番だよ」

アブデュルの声にナクシュデルは夢から覚めたように、扉の先に目をむけた。

するとぽんっと背中を叩かれ、ふりむくとリュステムが微笑んでいた。

「行ってこい。お前が七年間、必死でやってきたことを、誇りをもって披露《ひろう》するんだ」

そう言ったリュステムの黒い瞳は、相手に光を与えるように輝いていた。

その瞬間、先刻の自分の疑問をナクシュデルは思いだした。

――彼女達を、今日のこの日まで支えてきたものはいったいなんだったのだろう。

こくりと息を呑み見つめかえすと、リュステムはそうだというようにうなずいた。

彼が答えをくれた。

ナクシュデルは胸に抱えたウードをもう一度強く抱きしめ、拍手が渦巻くシャンデリアの光の下にむかって歩きだした。

革命から三ヶ月後、共和国となったオズトゥルクにおいて第一回の選挙が開催され、革命軍最高指導者サドリ・ファイク将軍が初代大統領に選出された。

終章

事務室兼自宅でもある三番街の集合住宅にリュステムが訪ねてきたのは、ナクシュデルが次回公演のことでアイハンと話しあっている最中だった。

「珈琲《コーヒー》でいい？」

台所にむかいかけたナクシュデルを、アイハンが「私がやるから」と引き止めた。

いつもなら自分から腰をあげることなどないのに珍しいこともあるものだと、台所にむかう後ろ姿を眺《なが》めつつ考える。

「どうしたの、なにか用事？」

単純にナクシュデルは尋《たず》ねる。革命がひと段落つき、士官《しかん》学生であるリュステムは大学に戻《もど》っていた。いまの彼は、比較的《ひかくてき》時間の自由が利《き》く身だ。

「いや、別にお前に言わなくてもいいとは思うんだけど、むこうがぜひ伝えてくれっていうから、しかたなく」

奥歯になにか挟《はさ》まったような物言いに、ナクシュデルは訝《いぶか》しげな顔をする。

視線に耐《た》えかねたのか、リュステムは少し不機嫌《ふきげん》な声で言った。

「先日クレボスの王太子殿下《おうたいしでんか》本人から手紙がきた。来月の新学期からクランノープ大学に編入なさるそうだ」

ナクシュデルは瞳《ひとみ》をぱちくりさせる。もちろん王太子の留学は以前から聞かされていたことだった。確かに唐突感《とうとつかん》はあったが、なぜリュステムがそれほどもったいぶったのかが分からなかった。

「ていうか、どうしてそれをあんたに伝言させるの？」

「俺のほうが聞きたい」

恐ろしく不機嫌そうにリュステムが言ったので、ナクシュデルは黙《だま》りこんだ。

なんだか追及しないほうがよさそうだと、とっさに判断して話題を変えた。

「でもちょうどよかった。新しい教本を作ったから、メルエムに渡しておいてくれない」

ナクシュデルも食糧倉庫をかりての学校に、ふたたび顔を出すようになっていた。

もちろん女一人の夜間外出は難しいので、ときどき指導に訪れる程度しかできなかったが、それでも少女達にとって心強い存在にはちがいなかった。

「ああ、いいよ」

快く承諾《しょうだく》すると、リュステムはふと気がついたように卓の上をのぞきこんだ。そこには次回公演のための書類が乱雑に広げられていた。

いまやアイハンは、クランノープのみならずオズトゥルク中に名の知れた踊り子だ。そこにオズトゥルクとクレボスの友好の象徴《しょうちょう》でもある〝黄金《おうごん》の寵姫《ちょうき》〟ナクシュデルの楽器演奏と吟詠《ぎんえい》が加われば、公演会場は常に満員になるほどの盛況《せいきょう》ぶりだった。

ちなみに細かいことが苦手なアイハンに代わって、ナクシュデルは一手にマネージャー業まで引き受けている。

天板にタイルを貼《は》った卓から、リュステムは資料を一枚取りあげた。

「宝石物語か。こんな古典から詠《うた》を選ぶのか？」

「たまには高尚《こうしょう》な曲を出して、王宮っぽさを演出しようという魂胆《こんたん》よ」

手早く書類を取りまとめながら悪戯《いたずら》めいた表情で言うと、リュステムはぷっと笑う。

「古典から閨房芸《けいぼうげい》や夜伽作法《よとぎさほう》まで、後宮教育も本当に多岐《たき》に富んでいるな」

「あとの二つは、結局役に立たなかったけどね」

「え？」

訝しげな顔をするリュステムに、ナクシュデルははっと口元を押さえる。

リュステムはまるで珍妙《ちんみょう》なものを見るような眼差《まなざ》しでナクシュデルを見る。

居たたまれない思いから目をそらすと、彼はひどく遠慮《えんりょ》がちに尋ねた。

「お前、なにか失敗でもしたのか？」

「そ、その……」

しどろもどろになるナクシュデルに、やっぱり、とばかりにリュステムはうなずいた。

「そう気にするなよ。失敗に終わったのは、別にお前一人のせいじゃないと思うぞ。男って意外と繊細《せんさい》だし、まして皇帝《こうてい》は歳《とし》が歳だし……」

とんでもない誤解をされていることが、ようやく分かった。逃亡《とうぼう》した皇帝の名誉《めいよ》などどうでもよいが、その気にさせられなかったと誤解されることは少々不名誉である。

「ち、ちがうわよ！　大体あの晩は未遂《みすい》だったんだから！」

焦《あせ》りと勢いで叫《さけ》んだあと、さらなるおのれの失言に気がついた。

おそるおそるリュステムのほうを見ると、彼は目を丸くしてこちらを見ている。

（ま、まずっ……）

どうしようかと悩んでいるところに、艶《つや》めいた声があがった。

「なによ、あんた。紛《まが》うことなく処女のくせに、まだそんな大見得《おおみえ》切っていたの？」

いつのまに戻ってきたのか、銀のポットと碗《わん》を抱《かか》えたアイハンが立っていた。

紛うことなく処女って、もう少しぼかした表現をしてくれればいいのに。

恨《うら》めしく思いつつも、驚《おどろ》きと疑いを交えたリュステムの瞳に、ナクシュデルは観念した。

「ご、ごめんなさい、寵姫っていうのは実は嘘《うそ》なの」

「は？」

「あんたが飛びこんできた晩、あれが皇帝の初お召《め》しの直前だったの」

「……………」

「本当にごめんなさい。騙《だま》すつもりはなかったんだけど、言い損《そこ》ねて」

後頭部に物がのるぐらいに平身低頭するも、リュステムは無言だった。

しばし頭を下げたあと、あまりの反応のなさにおそるおそる顔をあげる。するとこちらを見下ろすリュステムと目があった。

「あ、あの……………」

「つまり、未遂だったんだな」

ぼそりと言われた言葉に、ほとんど反射的にナクシュデルはうなずいた。

「大丈夫、私が証明するわよ。大体あの爺《じい》さんは巨乳《きよにゆう》が好きだったんだから、こんな李《すもも》みたいな胸の小娘、相手にするわけがないでしょ」

笑いながらアイハンが言う。ひょっとして〝あの爺さん〟とは皇帝のことだろうか。

貧乳《ひんにゆう》を馬鹿《ばか》にされたことより、そっちのほうが気になった。

（そもそも、いったいなにが〝大丈夫〟なのよ？？？）

いっぽうリュステムは混乱する思考を整理するように、こめかみを指でぎゅっと押さえつけた。

「怒っている？」

おそるおそる尋ねると、リュステムは背中を棒でつかれたようにして顔をあげた。

彼はひどく動揺《どうよう》したまま、あわてたように首を横に振る。

「いや、別に。むしろ………」

「むしろ?」

「ほっとした」

次の瞬間、今度はリュステムのほうがさっと口元を押さえた。

ナクシュデルは目を丸くしたが、なぜリュステムがそれほどあわてているのか分からなかった。

(で、でも、確かに寵姫よりも、ただの妾候補《めかけこうほ》のほうが色々と扱いやすいわよね)

とはいえ、それ以上追及することも気恥《きは》ずかしくて、やや強引にナクシュデルは愛想笑《あいそ》いを浮かべる。するとリュステムも釣《つ》られたように笑い、二人してなんともぎこちない笑顔を浮かべあった。

その横でアイハンが、呆《あき》れた顔で珈琲をすすった。

了

あとがき

こんにちは、ビーズログ文庫でははじめましての小田菜摘《おだなつみ》です。

明るく楽しいお話を、と意気込んで書きましたが、楽しんでいただけたでしょうか。楽しんでいただけましたら、本当に嬉《うれ》しいです。

このお話は十九世紀のトルコ革命をイメージしたお話です。

蟹工船《かにこうせん》@小林多喜二《こばやしたきじ》、外套《がいとう》@ゴーゴリー、あ、野麦峠《のむぎとうげ》、ダンサー・イン・ザ・ダーク、保元《ほげん》の乱《らん》の直後の源氏《げんじ》（思いついた悲惨《ひさん》な話をとりあえず並べてみました）並みのどん底からの、革命的ラブを書いた〝ラブコメ〟です。

ラブコメ、よい響きですね。実はずっと書いてみたかったんです。でも自分のコメディセンスに自信がないこともあって、なかなか踏みきれずにいました。今回この作品を書く機会を与えてくださった編集部の皆様には、本当に感謝しております。

ここでお世話になった方々にお礼を言わせてください。

まず、イラストの雲屋《くもや》ゆきおさん。キャラクターデザインの段階からの降るようなイラスト&ラフの数々。特にモノクロ挿絵《さしえ》8枚に21枚のラフをあげてくださる熱意と真摯《しんし》な姿勢に、プロフェッショナルの真髄《しんずい》を見ました。同じプロ作家として、私も爪《つめ》の垢《あか》でもせんじて呑《の》みたいと思っています。ただラフがどれも素敵だったので、選ぶのに大変苦労したという愚痴《ぐち》は言っておきます（笑）。

同じく担当様。コメディを書きたいという意欲が空回りして、少女小説のヒーローにあるまじき下品な台詞《せりふ》をリュステム（&アブデュル）に言わせてしまってすみません。節度あるご指導と、穏やかながらも的を射たご指摘に目から鱗《うろこ》が落ちる思いでした。

私信ですが、お友達作家の某《なにがし》さん。このお仕事をするきっかけを与えてくださって、ありがとうございました。貴女《あなた》からいただいたチャンスを確実に糧《かて》にして、作家としてのステップアップに繋《つな》げたいと思っています。

他にもお世話になった皆様、出版にあたって尽力《じんりょく》いただいた皆様、ありがとうございました。そしてなによりも読んでくださったあなたに、心より感謝をこめて。

またお会いできますように。

小田菜摘

B's-LOG BUNKO
ビーズログ文庫

■ご意見、ご感想をお寄せください。
《ファンレターの宛て先》
〒102-8431 東京都千代田区三番町6-1
株式会社エンターブレイン
ビーズログ文庫編集部
小田 菜摘 先生・雲屋 ゆきお 先生
《アンケートはこちらから》
http://www.enterbrain.co.jp/bslog/bslogbunko/

■本書の内容・不良交換についてのお問い合わせ。
エンターブレインカスタマーサポート：0570-060-555
（受付時間 土日祝日を除く 12:00〜17:00）
メールアドレス：support@ml.enterbrain.co.jp

お-7-01

革《かく》命《めい》は恋《こい》のはじまり

〜え? 後《こう》宮《きゅう》解《かい》散《さん》ですか!?〜

小《お》田《だ》菜《な》摘《つみ》

2012年7月26日 初刷発行

発行人 浜村弘一
編集人 森 好正
編集長 森 好正
発行所 株式会社エンターブレイン
〒102-8431 東京都千代田区三番町 6-1
（代表）0570-060-555
発売元 株式会社角川グループパブリッシング
〒102-8177 東京都千代田区富士見 2-13-3
編集 ビーズログ文庫編集部
デザイン 網野幹也（トウジュウロウ デザイン ファクトリー）
印刷所 凸版印刷株式会社

ISBN978-4-04-728192-9

定価はカバーに表示してあります。

ビーズログ文庫
双界幻幽伝
天然公主は、超・引きこもり!?
「おうちに帰りたい……」
やる気ナシ公主とワケあり武官の
愉快・痛快中華ファンタジー!!
木村千世《きむらちせ》
イラスト／くまの柚子《ゆずこ》
大好評発売中!
①出逢いは前途多難!
②宿敵は神出鬼没!
③二人は一触即発!
④箱庭は四面楚歌!
⑤初恋は永遠不滅!
巷《ちまた》で噂の幽鬼が見える"天然公主"朧月《ろうげつ》……その実態は、超後ろ向きな引きこもり少女!　そんな彼女のもとに、ある日無愛想な武人がとある依頼をもってきて——!?

ビーズログ文庫
神様、黒騎士の正体を
教えてください！
戦う王女シリーズ
～神とある国の物語～
剛《ごう》しいら
イラスト／佐倉汐《さくらしお》
大好評発売中！
①戦う王女と迷える騎士
②戦う王女と毒薬王子
③戦う王女と凱旋の騎士
不思議な力で男性の姿に変えてもらい、黒騎士に弟子入りしたミーナ姫だが!?　新ヒロイックファンタジー開幕!!

Enterbrain Entertainment Awards

第15回 エンターブレインえんため大賞

作品募集中!!

主催：株式会社エンターブレイン
後援・協賛：学校法人 東放学園

二次選考通過者に
評価シート送付！
※発送はすべての選考が終了した後になります。

【応募受付締切】
2013年4月30日
（当日消印有効）

【応募資格】
年齢・性別・国籍は問いません。
【選考】
森好正(eb! 取締役)、ビーズログ文庫編集部
【入賞発表】
2013年8月以降発売のエンターブレイン刊行各雑誌。及び弊社ホームページ。

表彰・賞金

【大賞】（1名）
正賞および副賞賞金100万

【優秀賞】
正賞および副賞賞金50万

【東放学園特別賞】
正賞および副賞賞金5万
※東放学園特別賞は学校法人東放学園の在校生および卒業生の応募作品の中からもっとも優れた作品に与えられるものです。

●お問い合わせ先
エンターブレイン　カスタマーサポート
（ナビダイヤル）0570-060-555
●受付時間
正午～午後5時（祝日を除く月～金）
support@ml.enterbrain.co.jp

※えんため大賞にご応募いただく際にご提供いただいた個人情報につきましては、弊社のプライバシーポリシー（URL http://www.enterbrain.co.jp/）の定めるところにより、取り扱わせていただきます。

【応募規定】ガールズノベルズ部門

※前回と応募要項に変更がございますので、ご注意ください。

1) パソコン、ワープロ等で原稿を作成し、下記のふたつの方法で応募することができます。

A：プリントアウトでの応募。
A4用紙横使用。タテ組、40字詰め34行80～130枚で印刷。必ず1行目には「作品タイトル」、2行目には「氏名／ペンネーム」を明記のうえ原稿1枚毎にページ番号を記入。右上端をダブルクリップなどでとめてください。

B：データでの応募。
ウィンドウズで読み込み可能なフロッピーディスク、あるいはCD-ROMにテキスト形式で応募原稿のデータファイルのみを保存してください。原稿データの1行目には「作品タイトル」、2行目には「氏名／ペンネーム」を忘れずに記入してください。ディスクには必ずラベルを貼り、「応募作品のタイトル、氏名／ペンネーム」を明記してください。なお、編集部でデータを開く際に「郵送中の事故による媒体の破損やフォーマットの違いなどでデータが開かない」「明らかに原稿の改行が乱れていたり、文字化けがある」「テキスト以外の形式で保存してある」場合は、応募作品としてエントリーされません。確実を期する場合は、プリントアウトで応募してください。

2) いずれの応募の際にも、作品の梗概(800字以内)、エントリー表として以下の項目(タイトル／氏名※ペンネームの場合は本名も併記／生年月日／郵便番号、住所／電話番号／メールアドレス／職業／執筆歴／小説賞への応募歴)を記入したものを必ずプリントアウトして添付してください。※手書きでも可

3) 手書き原稿での応募は不可とします。

4) 応募作品は日本語で記述された応募者自身の創作による未発表(PC、携帯などでWEB公開したものは発表済みとみなす)の作品に限ります。同一作品による他の文学賞への応募は認めていません。第三者の権利を侵害した作品(他の作品を模倣する等)は無効となり、その場合の権利侵害に関わる問題はすべて応募者の責任となります。応募作品の著作権は、応募者に帰属します。
なお、入賞作品については、株式会社エンターブレインが、作品の出版(電子書籍、CD-ROM等の電子メディアを含む)、映像化、公衆送信(インターネットでの配布、販売)等に関する独占的権利を取得できるものとし、賞金の支払い時に契約を締結します。
※選考に関してのお問い合わせ・質問には一切応じかねます。
※応募作品の返却はいたしません。

【応募方法＆宛先】原則として郵便に限ります。

〒102-8431　東京都千代田区三番町6-1　(株)エンターブレイン
第15回 エンターブレインえんため大賞
ガールズノベルズ部門係

詳しくは公式サイトをチェック↓↓↓↓

http://www.enterbrain.co.jp/entertainment/